沢里裕二

処女刑事

京都クライマックス

実業之日本社

実業之日本社文庫

目次

第一章　祇園の掟

1

「そろそろお風呂入りを考えておくれやす」

肌襦袢《はだじゅばん》姿で白塗りを終えたばかりの夢吉《ゆめきち》のもとに、女将《おかみ》の下平雪路《しもひらゆきじ》がやって来て、いきなり耳もとでそう囁《ささや》いた。雪路は今日も香を焚《た》きしめた塩沢紬《しおざわつむぎ》に名古屋帯で、肉付きのよい身体《からだ》を覆っている。

「お母さん、それ、どないしてもやらんといけんことでっしゃろか」

夢吉は、化粧台に置いた円鏡《えんきょう》に映る自分の唇を眺めながら、眉を顰《ひそ》めた。

「お相手は花澤真宗《はなざわしんしゅう》の満永《まんえい》宗主やで。夢吉はん、何が不足ですねん？　襟替えの費用は、和尚さんが全部持ってくれはるとゆうてます」

雪路の顔が円鏡の右端からぬっと入ってきた。

険しい表情だ。美貌の持ち主ではあるが、目鼻立ちが整いすぎた女将の顔は、ときに冷徹に見える。

「他にはうちの襟替えの面倒見てくれるお得意はんは、いなかったということですか？」

夢吉は鏡を向いたまま聞いた。

雪路の背後に男衆《おとこし》の木藤佐助《きとうさすけ》が控えているのが、ちらりと見えた。

「あったら、うちが競わせとるわ。費用のことは『女将にあんじょう任せます』とゆうてくれはったんは満永和尚しかおらんかったんどすえ。だからゆうてます」

雪路はさらに凄《すご》みのある形相を見せた。

お風呂入りとは、客と一緒に入浴することである。かつて水揚げと呼ばれたようなあからさまな儀式はいまはない。すくなくとも表立っては、形を変えた遠回しな儀式がお風呂入りといえる。

あくまで入浴だ。

だが、戸が閉まった湯けむりの中で、舞妓《まいこ》と客はふたりきりになる。なんにもせんなんてことはあるわけもない。

「ええな」

雪路が念を入れてきた。

夢吉は俯《うつむ》いた。

いよいよ、来たか。

花見小路《はなみこうじ》の方からぽっくりで歩く音が聞こえてくる。円鏡の後ろの障子戸が茜色《あかね》に染まり始めている。

花街にぽっと色が入る時分である。

「そうどすか。せやったら、仕方ありませんね。お母さんのいう通りにします」

舞妓が置屋や茶屋の女将に盾をつくことなど許されようがない。夢吉は素直《すなお》に従った。それが祇園《ぎおん》の掟《おきて》だ。

本名は神崎安奈《かんざきあんな》という。神戸《こうべ》の中学を卒業する直前に、祇園の置屋、『桃園《ももぞの》』のホームページの『舞妓さん募集』を見て応募した。

面接出来ることになり、出掛けてみると女将の下平雪路がひとめ見て、気に入ってくれたのだ。

いまはそういう手段で舞妓になれる時代だ。

舞妓になりたければ、とにかく置屋の女将に気に入られることだ。

もっとも夢吉の場合は、もとから舞妓に憧れていたわけではなく、さっさと家を出たかったというのが本音だ。

舞妓という住み込みでなおかつ手に職がつく仕事に入れたら、十五でも自立出来ると考えたわけだ。

母の連れ子だった。

夢吉が三歳のとき実父は病死した。美容師だった。

三歳だったので、父とどんな会話をしていたのかなどは、おぼろげだ。鮮明なのは、手を繋《つな》いで歩いたり、膝の上に抱かれていた記憶だけだ。

三歳の子供を抱いた母は、生き延びるために元カレと再婚した。

継父《けいふ》はとても良い人だった。実直な公務員で母にも夢吉にも優しかったし、生活は安定していた。

継父は平凡を愛するタイプで、その後に生まれた二歳下の妹とはひたすら平等に接しようと心がけていたように思う。

ときには実娘である妹の方へきつく当たるほどだ。

むしろそれが息苦しかった。

継父の気遣いが過剰に感じられ、妹にすまないような気にもなった。

姉妹で顔も性格も全く違うのも夢吉の気持ちを乱していた。

夢吉は実父に似ていて、妹は継父似なのだ。

実父の遺《のこ》された写真や動画を見ると、とてもハンサムで、美容師という職業柄からか小洒落《こじゃれ》た服装もサマになっていた。

美容師としての腕前も上々だったが、それよりも実父の華やかさに惹《ひ》かれて来店する女性客も多かったようだ。

いっぽう継父のほうは、平凡を愛する性格同様、なにもかもが普通だった。単に実直なだけなのだが陰気にも見られがちの風貌だ。

母を含めて三人は高校の同級生だった。

同時にふたりの男に告白された二十八歳の母が、最終的に実父を選んだのは頷《うなず》ける。ときめきが勝《まさ》ったに違いない。

けれども結果として長く暮らすことになったのは継父のほうとなった。それは、実は自分も地味好みであった母の運命だったような気がする。

それはそれとして夢吉には、息苦しい家だった。連れ子という立場に過剰反応していたのかも知れない。

この先は徐々に微妙な年頃になり、妹との関係もずっと平等ではいられないような気がした。

同時に夢吉は、実父のように手に職を持つことに憧れた。

それも華やかさのある職だ。漠然と思っていたのは、父と同じ美容師。あるいはパティシエやファッションデザイナーだ。

そのためにはまずは高校に進み、専門学校に行くというのが常識的な道だ。

もちろん継父は高校はもとより、専門学校や大学へ行くための費用も用立ててくれたに違いない。

だが、それよりもなによりも家を出たいという願望のほうが先に立った。

反対されるのは織り込み済みで、夢吉は、女将の雪路にすべてを頼み込んだ。十五歳の研ぎ澄まされた直感で、花柳界《かりゅうかい》に生きる雪路という女将のほうが母や継父よりも勝ると見たのである。

案の定、雪路はこの手の説得に通じており、継父が神戸市の公務員だと知るや県庁や市役所の上層部や財界有力者に働きかけ、有無をいわせぬ形で説得してしまった。

それだけでも祇園の底力を知る思いだ。

夢吉は、桃園の家に住み込み、技芸《ぎげい》学校で舞妓としての様々な修業に励むことになった。

この技芸学校には夢吉のように中学を卒業したばかりの舞妓から九十歳の老芸妓《げいこ》まで、祇園の芸舞妓のほとんどが在学している。

芸事に始業式はあるが、修了式や卒業式はないからだ。

舞妓から芸妓になった後も、その稼業を続けている限りここで学び続けるのだ。

夢吉は、ここで京舞《きょうまい》、三味線、常磐津《ときわづ》はもとより茶道、書道、華道なども学ばされている。普通の高校よりもはるかに厳しい修業だ。

研修の後、先輩舞妓や芸妓のお姐《ねえ》さんたちと共に座敷にあがり、舞妓として芸を披露し接客もつとめる。

舞妓とは芸妓になるためのオン・ザ・ジョブ・トレーニングの場であり期間なのだ。そしてここでは未成年でも客に酒を注《つ》ぎ、また飲まされる。

江戸時代の遊郭からつづく祇園は、二十一世紀の現在《いま》をもってしても、法の埒外《らちがい》にあるようだ。

花街の常識は、世間の非常識でもある。ここで身内として遊ぶ客たちは知っていても、観光客などには決して明かさない、前時代的な掟が山のようにある。

それを伝統文化と呼ぶか、不透明な違法すれすれのビジネスとみるかは、なかにいる者としては判断が難しい。

そして夢吉はここにきてとうとう五年になった。

ようやく日本の法律で飲酒が許される歳になったというのに、今度は舞妓ではいられなくなるのだ。

芸妓に進むか廃業するか、道はふたつにひとつしかない。

そして芸妓とは、置屋に籍は置くものの、一切合切が自腹となる個人事業者となることだ。資金がなければ独り立ちは出来ない。勢いパトロンが必要になる。

「満永和尚はあんたが地方《じかた》に進むと聞いて悦《よろこ》んでいたわ。水揚げした後は、他のお客さんに夢吉の踊りなど見せたくなかったと」

雪路が紅を引いた夢吉の唇をしげしげと眺めながら笑った。

「立ち方なんて、私、恥ずかしくてできませんよ」

夢吉は化粧を終え微笑《ほほえ》んだ。

祇園の芸妓には立ち方と地方がある。舞いを見せるのが立ち方だ。

座敷の華だ。

いっぽう地方はその伴奏をする者だ。三味線、笛、鼓、太鼓を担当する芸妓だ。

常磐津や清元《きよもと》も披露する。

芸妓でも立つと座るでは、着物も含めてまったく異なる。

舞妓の多くは立ち方を目指す。

けれども夢吉は、はなから地方になると決めていた。

三味線や唄のほうが、さきざき潰しがきくような気がしてならなかったのがひとつ。一方で京舞そのものが、苦手だったこともある。

歌舞伎踊りは文字通り『踊り』で、京舞は『舞い』である。その京舞の特徴は腰をぐっと下げたまま踊るところにある。

これが体力的にも見た目にも夢吉は苦手であった。

優美で艶《あで》やかなと評されるこの京舞だが、夢吉には、どこかいやらしくも思えた。

勝手な思い込みだが、艶やかと卑猥《ひわい》は紙一重だと思う。

尻の動きに男の視線が集まっているのは舞ってみるとよくわかる。触りたがる客が多いのにも腹が立ったものだ。

「あんたの、その恥ずかしそうな顔が、満永さんにはたまらんのやろうな。まぁ、それも芸のうちや。今夜も満永さんからお座敷がかかっております。うちが段取りを決めますよって、それまで粗相のないようにな」

と雪路は支度部屋を出て行った。

「ほな、仕度しましょうか」

この家に代々仕える男衆の木藤佐助が、さっそく襦袢の上に着物を被《かぶ》せてきた。四十五歳の角刈り頭だ。自分たち舞妓や芸妓には優しいが、花街を一緒に歩くときの眼光は鋭い。仕来《しきた》りを知らずにいきなり帯に触ろうとする輩《やから》には、容赦なく拳を振るうこともある。こわもてが自分らを護《まも》ってくれるのだ。

「よろしくお願いします。どうぞきつく締めておくれやす」

「へい、絶対に解かれないようにきつくですな」

佐助が肩から下げた帯を、夢吉の胴に巻き付けた。長さ五メートル五十センチ。重さ五キロといわれるだらりの帯である。

締め終わり、赤襟を整えてもらって舞妓が完成した。

「夢吉さんも、いよいよ赤襟ともお別れですな」

佐助が眼を細めた。

「そうどすな。舞妓姿も見納めどすわ」

夢吉は、姿見へと向きを変え、暫《しばら》くの間眺めていた。本当に見納めだ。

「立派な芸妓はんになられたらよろし」

佐助に声を掛けられ我に返る。

「はい、襟替えのご挨拶のときはまたよろしゅう頼みますぅ」

襟替えの日に、男衆につれられて方々の茶屋や師匠宅を回るのが仕来りだ。その日は男衆にとってもハレの日らしい。

「あんじょうおまかせくださせい」

佐助は胸を張ってみせたが、『その日は来ない』と夢吉は胸底で誓いを立てた。

2

茶屋は『岩野《いわの》』であった。

同じ桃園の看板芸妓、梨絵《りえ》に引き連れられてのお座敷だ。

梨絵姐さんは祇園では珍しい旦那を持っていない芸妓で、襟替えのときもすべて自腹で賄ったという。

なんでも実家が凄い大金持ちらしい。

本当に羨ましい限りだ。

梨絵は立ち方で、地方の姐さん方は他《よそ》の家から呼ばれているという按配《あんばい》になっている。

家は違っても祇園はひとつだ。

夢吉の他に舞妓がひとり呼ばれていた。一つ下の美羽《みわ》だ。

「さぁさぁ、梨絵、舞いを見せてくれ。こちらの加橋《かはし》はんに梨絵の舞いを見せとうて、連れてきたんや」

花澤満永は上機嫌であった。灰色の正絹《しょうけん》に黒羽織。僧侶というよりも呉服商のような愛想のよさだが、双眸《そうぼう》の奥はどんより濁っている男だ。還暦はとうに過ぎていると聞いていた。

「はいはい。いま仕度をしますよって」

四歳上で、すでに一本立ちしている梨絵は、島田髷《まげ》に銀鼠《ぎんねず》色の着物と渋い装いだ。妹分である夢吉を際立たせるためにあえてそうしてくれているのだ。

よけいなことや。そもそも満永など引き合わせせんで欲しかった。

夢吉は胸底で舌打ちをした。一年前に梨絵に連れられて入ったのが満永の座敷であったがために、見染められてしまったのだ。

「夢吉はこっちに、美羽は加橋はんの膝の上に座らんかい」

梨絵が立つとすぐに茹蛸《ゆでだこ》のような顔をした満永に手招きされた。黒紋付の羽織を押し上げる太鼓腹を叩《たた》いている。目も鼻も大きな男だ。虫唾《むしず》が走るとはこのことだが、断れない。

粗相がないようにと釘《くぎ》を刺されているのだ。今日限りの辛抱だと肚を括《くく》っていた。

次のお風呂入りの日までに、夢吉は祇園を出る覚悟を決めている。

この生臭坊主の相手をするのは、今夜が最後だ。

「はい」

地方が京舞の定番でもある『祇園小唄』を奏で始めた。三味線、笛の優雅な旋律とズシリと響く太鼓の中で、夢吉は人魚のような裾を引きずりながら満永の許《もと》へと進んだ。

美羽も加橋の方へ歩を進めている。

観念した様子だ。

美羽は十九だ。

舞妓は実年齢以上におぼこい印象を与えるように躾《しつ》けられているので、世間知らずを装っているが実のところは、そうではない。

十六やそこらで酒席に座り、大人たちばかりを相手にしているのだ。呼ばれたらどうされるかぐらいは知っている。

ただ、どんなときでも、

「うちら子供やよって、何にも知らんし」

というように仕込まれているだけだ。

色の道のこととなると、一般女子とは桁が違うほどの知識がある。十代同士の猥談やカラオケボックスでのいちゃつきとは訳が違う。

一本立ちした芸妓のお姐さんたちと一緒に、お客のお供で食事やバーに行こうものなら、四六時中、妖しい場面を目の当たりにすることになる。

花街は京都の伝統文化の場とはいえ、所詮、色事を前提にしている町であることに変わりはなく、芸妓と客は、常に寝るか寝ないかの駆け引きなのだ。

寝るにあたってどこまで高値をつけるかが、芸妓の腕前となる。一本立ちしている芸妓は見栄《みえ》を張るための出費も多く、自分を応援してくれる旦那の有無は重要だからだ。

舞妓としての五年間に、その駆け引きをつぶさに見てきた夢吉が、腕だけで地味に生きていけそうな地方に進もうとしているのは、そのためである。

近頃、祇園では地方の芸妓が不足しており、舞妓を経ない他業界からの転職組も採用され出している。地方は地味だが色気よりも腕の稼業といえよう。

舞妓は舞妓で初心《うぶ》が売りものなので、何をされても、驚いて首を傾《かし》げるという芝居を打つ。なすがままにされよ、というのが暗黙のルールだ。

頃合いを見計らって先輩芸妓や茶屋の女将が、助け舟を出してくれるのだが、その頃合いが年齢が上がるに連れて遅くなるような気がする。

特に今夜は、水揚げを請け負っている満永の席だ。ある程度の覚悟がいる。

「お座りさせてもらいます。重いお尻どすえ」

夢吉は媚《こ》びた笑いを浮かべ、だらりの帯をひょいと脇に寄せ、胡坐《あぐら》を掻《か》いた満永の膝の上に尻を乗せた。

満永は胡坐を掻いているので、厳密には膝の上ではない。太腿《ふともも》と股の間にずっぽりと尻を落とすのだ。満永の右の踵《かかと》がちょうど女の肝心な部分に当たる按配だ。

その踵がぐいっと軟らかい部分を押してくる。

肌襦袢の下で亀裂が左右に寛《くつろ》ぎ、その奥の花びらまでもがにゅわっと割り広げられるのがわかった。

いややわ。

しかし止めてくれる者がいなければ、いわれたとおりにするしかないのが舞妓の立場だ。

金屏風《きんびょうぶ》の前に梨絵が進み出てきた。ぐっと尻を落とし、片手で扇子をぱっと開いて舞い始めた。

梨絵は見て見ぬふりで舞っている。時折、あえて背中を向けて尻を突き出し揺すっては煽り立ててくるのだ。

「おおええな。梨絵は何ごとも弁《わきま》えておる。夢吉も、ああなったらよろし。わしの膝の上で尻を振ってみなはれ」

満永はそういい、伸ばした舌で耳朶《みみたぶ》を舐《な》めてきた。耳朶にじっとりと涎《よだれ》が塗《まぶ》される。

いやや。

そういう代わりに、身体を捻《ひね》り、満永の狸《たぬき》のような顔をじっと見た。睨《にら》んだわけではない。眉根を下げた困った顔をしてみせる。

「なんやその顔は」

満永が不快そうに、はぁ〜っと酒臭い息を吹きかけてきた。息が詰まり、思わず目を瞑《つぶ》ってしまう。

「すんません」

顔を前に戻し、舞っている梨絵姐さんに助けを求める視線を送ったが、目が合うなり梨絵姐さんは、顎をしゃくって、すぐにまた背中を向けて尻を揺さぶり始めた。

おやりなさい。

という意味だ。

夢吉は観念してもじもじと尻を振った。これはどうしても満永の白足袋にまん処《しょ》を擦《こす》りつけることになる。じわりじわりと粘膜が潤みを持ち始めたのが自分でもわかる。夢吉の意思とは無関係に頬と腰が火照ってきた。

「あっ」

思わず喘《あえ》がされた。

「ほう。当たったな。ここやな、ここや。ほれ」

満永が満足そうな声を上げ、自らも踵を揺り動かしてきた。当たったのは女の尖《とが》りの部分だ。相手が誰であろうと、ここは弱い。

「んんんんっ」

「未通女《おぼこ》でも、ここは気持ちええやろ。どや、ええんやろ」

満永の踵の動きがどんどん大胆になる。

梨絵姐さんといえば、さっきから後ろを向いたままだ。

隣の美羽はどうかと覗《のぞ》くと、加橋正則《まさのり》という男に左右の身八口《みやつくち》から両手を差し込まれていた。生乳を揉《も》まれ、乳首を摘《つ》ままれているのだ。

美羽の顔が歪《ゆが》んでいる。同胞の夢吉には苦痛に顔を歪めているように見えるが、客は愉悦に浸っていると受け取っているのだろう。

美羽は顎を上に向けたり、上半身を揺すったりしていた。

あの子の乳首は大きいので、男の人は触り心地がよいのかも知れない。

「ところで加橋はん、例の件、頼めますか?」

満永の方は腕を回してきて、前身頃の縁からすっと手を滑り込ませてきた。

「はい。先進国文化サミットの仕切りは我が社ですから、会場の目立つところに配置しておきますよ。各国の大臣や高官が眺めている様子なんかも撮影しておきましょう」

加橋が美羽の生乳を揉みながら答えていた。お乳のあたりの着物が盛り上がって見えるので、はっきりわかる。

「それはええわ。あとは都合のええタレントさんがおったらな」

「はい、今度こっそり、圓川光輝《えんかわみつてる》を祇園のバーへ呼びますよって、そこに偶然、宗主がおったらええんです」

ふたりはそんな会話を交わしている。先進国文化サミットの話はまったく理解できないが、後半のほうは夢吉にも意味がわかった。

　加橋は有名人のギャラ飲みを仕切っているのだ。

　夢吉はそうした場にも何度か顔を出したことがある。有名人と縁を持ちたがる金持ちは多い。ただの金持ちの自己満足ならばそれでいいが、腹に黒いものを持って近づこうとする輩も多いことを、ずいぶんと見てきたものだ。

「おおきに。ええ段取りやわ。そしたら加橋はんには、これ差し上げましょう。御利益がありますよ」

　と満永は黒羽織の袖からりん棒を取り出した。仏壇の前にあるおりんを鳴らす棒だ。

　朱塗りの立派なりん棒だった。柄に花澤真宗を表す桜の紋章が刻印されている。円をなす八枚の桜の中央に『花』の文字がある紋だ。満永の羽織にもその紋が染められている。

「ほほう。それが一本五百万円というりん棒ですな」

　受け取った加橋が凝視した。

　五百万円とは、夢吉も驚いた。

「そうや。それは七寸棒（約二十一センチ）だからな。おりんのほうは一千万円や。加橋はんには、いずれ事が成ったら、そちらも差し上げる」

「それはそれは。気張りがいがありますな。しかし、票の取りまとめの方もお願い出来るのですね」

加橋は美羽の懐に手を入れたまま、満永の顔を見た。

「心得ておる。直接支援をするのは難しくなったよってな」

「そのための代理店です」

ふたりは高笑いをした。夢吉に理解は出来なくても、悪事であるとの想像はついた。

男たちの悪だくみを覆い隠すように、三味《しゃみ》と笛の音が大きくなった。

「加橋はん、このりん棒はな、振るだけでも御利益があるとわしは説いているのだが、他にも使い道がある」

満永が袖の中から、もう一本りん棒を取り出した。

加橋がにやりと笑った。

「夢吉のここはどないや」

背後からりん棒を挿し込んできた。着物の上からだが、七寸りん棒で尻の真下を擦り立てられた。

「はっ」

夢吉は息を呑《の》んだ。硬い木製のりん棒の先端が、あろうことか女の尖りをずんと突いたのだ。

「ほうか、ええんか、ええのんやな」

満永が亀裂をなぞるように棒を前後させてくる。

曲が変わり、三味と笛のテンポが速くなった。京舞のゆったりしたテンポではなく、まるで歌舞伎のような速弾きになる。

そのテンポに合わせるように、横にしたりん棒が股の間を行き来する。着物と襦袢を押し付け、するっ、するっと滑るように動く。

「はう、んんん」

腰を浮かせても、満永のもう一方の手に肩を押さえつけられすぐに戻された。

いかに着物の上からとはいえ、こうも擦られてはたまらない。どんなに歯を食いしばっても、股間は濡《ぬ》れた。

加橋は加橋で、美羽の着物の裾を分け、襦袢の奥へりん棒を進めている。これはやりすぎだ。

「夢吉、おケケはどんなふうに生えてんのや」

尻の真下にりん棒を這《は》わせたまま、満永が前身頃を捲り、手を差し込んできた。

「あっ、うちはわかりまへん。子供やよし」

決まり文句を吐いて、とにかく逃れようとしたが、満永の方が力強かった。かさついた人差し指が、内腿を芋虫のように這い、付け根へと迫ってくる。

「あぁ、梨絵姐さんっ」

夢吉は声を出して助けを求めたが、ここまで来ても梨絵は、見て見ぬふりを続けている。それどころか、舞いながら笑みまで浮かべている。

まるで観念せよといっているようだ。

これは、もはやお母さんも承知の上ということだ。

「どうせ来週には一緒にお風呂に入るんや。おケケぐらい先に触らせてもろてもええやろ」

ぬっと指が女の土手に伸びてきた。ふさふさしている陰毛を逆撫《さかな》でされた。指がそのまま陰毛の下まで降りてきた。

「堪忍どす。堪忍しておくれやす」

夢吉は懇願した。これまでも、着物の上から尻や胸を撫でられたりしたことはあったが、ここまでされたことはなかった。

何のために自分たちは舞いや三味線、長唄を習っているのか？

それらのすべてが、女としての価値を高めるための小道具なのではないかとさえ思えてきて、本当に涙が溢《あふ》れてきた。

「えぇぇぇえ。うちが三点倒立どすかぁ」

隣で生乳を弄ばれていた美羽が素っ頓狂な声を上げた。

「そうや、その人魚みたいな着物のままで、三点倒立してみなはれ」

主客でもない加橋が、無茶をいい出した。

まさか！

夢吉は胸騒ぎを覚えた。

所詮、どの客も舞妓をおもちゃだとしか思っていない。この加橋のようにあからさまに舞妓を貶《おとし》める客を粋人《すいじん》は無粋《ぶすい》者と呼ぶが、その粋を気取る客たちも、腹の中は同じだ。祇園の作法に則《のっと》り、女将を通じて話を運ぶだけであって、舞妓をモノにしたいという本質は変わらない。

防波堤になっているのは置屋の女将の睨みであって、夢吉がこれまで、危険な目にあってこなかったのは『桃園』の雪路の秘蔵っ子という存在だったからに違いない。

「ほう、加橋はん、それは面白い。舞妓をふたり並べて逆さまにして、中を覗いてみまひょか」

加橋の発案に満永も乗った。

夢吉は、置屋の女将に捨てられたと、はたと気づいた。

そもそも『桃園』の秘蔵っ子として、肝入りで育てられたというのに、満永というい如何《いかが》わしい新興宗教の宗主をあてがわれたこと自体、不思議だったのだ。

「梨絵、舞いはもうええ。ここにきて一緒に遊ぼうや。地方さんたちは景気づけを頼みます」

満永が命じると、梨絵が笑顔を浮かべて席に戻り、三味線の老妓が『それでは』と、祇園の座敷では珍しい威勢の良い江戸風の音曲をやり始めた。まるで舞妓が逆立ちするのを、煽り立てているようだ。

「さあさあ、夢吉、美羽、やってみなはれ。逆立ちや。おケケもおソソも覗いてやる」

満永が文字通り尻を叩《たた》いてくる。

「宗主はん、やりますから、ちょっと待っておくれやす」

夢吉は満永の膝から降り、梨絵のもとにいざり寄った。

「どないしたんねん」

梨絵は冷ややかなものだ。夢吉はその耳元に、手のひらを立てて囁いた。

「さきにちょっと用を足してきたいんどすが」

梨絵は膝を崩して笑った。

「満永宗主、夢吉が、おソソ拭いてきたいゆうてます。子供やゆうても、女の嗜《たしな》みやよって許してやってください」

二十歳になっても、あいかわらず舞妓は子供扱いだ。

「さよか。おソソ、拭いてこなならんようになってはるんや。それはしゃあないな。なんなら、このりん棒で、気を遣《や》ってきたらどうや」

満永が卑猥な笑みを浮かべ、七寸りん棒を握らせてきた。気色が悪いだけだが、夢吉は恥ずかしそうな笑みを浮かべ、受け取った。少し時間稼ぎが出来るのではないかと思った。

「匂ったらあかんよし、ちゃんとしてき」

梨絵の許しを得て、座敷を出た。

いますぐ逃亡しなければ、今夜中に満永に組み敷かれることになるだろう。

夕刻、さも、お風呂入りの段取りはこれから決めるようなことをいっておいて、実は、今夜のうちに床入りを満永に告げていたのだ。

売られた。

3

夢吉は、茶屋『岩野』の厠《かわや》で、帯を解き始めた。だらりの帯と裾長の着物では、花見小路を走れない。

手間はかかったが五キロの帯をどうにか自力で解いた。着物も脱ぎ捨て、長襦袢と肌襦袢だけになった。まだ花冷えのする季節だが、昂奮《こうふん》しているせいか寒くも暑くもなかった。

吹髷《ふくわげ》も解く。

舞妓の髪は鬘《かつら》ではなく地毛である。地毛を鬢付油《びんつけあぶら》で固めてあった。毎日固めるのは大変なので、数日同じ形にしたまま過ごすのが普通だ。寝るときは高枕で、慣れるまではしんどかったものだ。

しかもこの吹髷をしているときは、私服を着てコンビニやファミレスに行くのも禁止されている。道行く観光客の夢を壊してはならないので、着物を着てだらりの帯とセットでなければ、外へ出てはいけないわけだ。

それも祇園の掟だ。

夢吉は、花簪《はなかんざし》や手絡《てがら》を外し、手洗い場の流し台で、両手に水に垂らして、髷を解きにかかった。

ばさっと黒髪が落ちてきた。落ち武者のようだ。舞妓が芸妓にならずに、この町を逃げ出すのだから、落ち武者同然ではある。

顔の白塗りも、水でバシャバシャと洗い流す。すっぴんの顔になった。

厠を出た。

『岩野』には、もう五年も通っているので、厠の横に、布団部屋があるのを知っていた。

見世《みせ》だしの直後は勝手がわからず、客のいうままに盃《さかずき》を受けたので、泥酔してなんどもその部屋に倒れ込んだことがある。

それで、そこに仲居の着替えや男衆たちの作務衣が置かれていることも知っていた。着物と帯を引きずりながら、こっそり布団部屋へと移った。

満永の座敷から、三味の音に乗せて卑猥な歓声が聞こえてきた。美羽が餌食になっていることだろう。

大急ぎで長襦袢を脱ぎ、肌襦袢の上に男臭い浅黄色《あさぎいろ》の作務衣を着こんだ。男物の草履も拝借する。

ここまで十分。

女の仕度には手間がかかるのと、多少は焦《じ》らすのが極意だと、芸妓の梨絵は心得ているはずで、満永にも上手《うま》く伝えているに違いない。

満永の方は、本気でりん棒で自慰をしていると思い込んでいるかもしれない。

胡散臭《うさんくさ》いりん棒だが、座敷では五百万といっていた。

ひょっとしたらこれが金になるかも知れないので取りあえずりん棒は、いただいていく。

布団部屋のガラス窓に忍び足で近づき、音を立てずに窓を開けた。

茶屋の真裏側だ。黴臭《かびくさ》い路地の向こうは板塀だった。大きく息を吸って、夢吉は路地に飛び出した。

掃除道具の入った板箱を踏み台に使い、塀を上る。

団子屋の裏側に跳ねた。猫道のような狭い路地を抜け、花見小路に出る。世間から切り離された茶屋の中にいると、すでに夜更けのような気になっていたが、通りにはまだ多くの人々が行き交っていた。

夢吉は、自分がこの五年、腕時計もしていないことに改めて気づかされる。実家や中学の友人に連絡するのも手紙か公衆電話しか許されない生活だった。

舞妓には給料などもなく、置屋の女将から月に二万円程度の小遣いを貰《もら》うだけだ。タクシーに乗りたくてもその現金もない。

懐に入れたりん棒が頼りになるかも知れない。

――一体、何時ごろなんやろ。

そんなことを考えながら、ひたすら人ごみに紛れて四条《しじょう》通を河原町《かわらまち》に向かって歩いた。とにかく急ぐ。

いざとなったら、無銭飲食でもして警察に捕まるという手もある。

二十歳は超えている。自分の意思で裁かれ、次の道に進むのもいいだろう。祇園に戻れぬ理由が出来たほうが得策だ。

4

大阪府警刑事部捜査二課の朝野波留《あさのはる》は、高校の二年後輩である井沢淳子《いざわじゅんこ》と新京極《しんきょうごく》から四条通に入り、祇園に向かって歩いていた。

淳子は京都府警祇園南署の警察官である。

同じ寝屋川《ねやがわ》の育ちで、高校時代はダンスサークルの後輩だった。

そんな妹分のような存在の淳子が、府警違いとはいえ、同じ警察官への道に進んだということもあり、暇さえあれば、ふたりでクラブにいったり、食事をしたりしていた。

午後八時過ぎ、夜風が川の香りを運んできた。

「波留先輩、鰻重《うなじゅう》なんて豪華すぎませんか。うちならうどんでええんですよ」

「淳ちゃんの異動祝いや。鰻重ぐらい奢らせてんか。生活安全《せいあん》係ゆうたら立派な刑事や。制服も着んでええし。それにうちと淳ちゃんが府をまたいで捜査協力をせなならんこともありえるねん」

淳子は、この四月に地域係から生活安全係に異動になったばかりだ。自分と同じような道を進んでいるようで頼もしく、今夜は最初からご馳走《ちそう》するつもりで呼んでいたのだ。

「私なんか、生安《せいあん》に異動したといってもまだ所轄内の事ですよ。波留先輩は、所轄の交通係から一気に府警本部の捜査二課《ソウニ》に抜擢《ばってき》されたんですから凄すぎますよ」

淳子が羨まし気な視線を送ってきた。

たしかに波留は七年前、浪花《なにわ》八分署の交通係から大阪府警の捜査二課に転属になっていた。ただしこれには裏がある。実は淳子にもいえない特殊任務に就いているのだ。

総理大臣直轄の特殊工作部門『真木《まき》機関』の一員としての任務だ。官邸の意向を受けて、さまざまな裏捜査をする機関だ。捜査だけではなく、闇処理もする。警察機構から抜け出した機関だ。

波留は二〇一六年に真木洋子にスカウトされたのだ。

この任務の遂行にあたり、所轄の交通課に所属しているよりも、詐欺や贈収賄、あるいは選挙違反に目を光らせる捜査二課のほうが、何かと都合がよいということで、転属になったわけだ。

いまも真木の命を受けて、大阪における与党民自党の選挙違反の裏取りをしているところだ。総理は自らの所属している民自党の旧体質を改善しようとしているようで、その一丁目一番地として選挙違反の絶滅を提唱しているという。

「人事は、自分では決められんからね。こればかりは運もある。淳ちゃん生安での担務《たんむ》は決まったん？」

　四条大橋が見えてきた。

「はい、人身安全担当になりました。自分はてっきりクラブなんかに出入りする未成年者を見張る少年係《ネンショウ》かと思っていたので、意外でした」

「確かに、ヒップホップダンスの得意な淳ちゃんなら、未成年者とも意気投合できそうやしな。けど、上は、そのキャラを人安《ジンアン》でより生かせるとふんだんとちゃうやろか」

　人身安全担当とは、家庭内暴力《DV》やストーカー被害者の保護や対策担当で、ケースによっては捜査課系統よりもややこしい事案が多い。真実が見極めにくい犯罪だからだ。

「荷が重いですよ」

　それが淳子の本音だろう。

「とにかく被害者の相談を丁寧に聞くことやな。そこは交番勤務と一緒や。淳ちゃんに期待されているのは、未成年者や同年代の女性の話を、同じ目線で聞いて対策方法を練ることだと思う」

「そうだと思います」

鴨川《かもがわ》の匂いが強くなった。

「肝心なのは嘘を見抜くことや。加害者はもちろん逃げをうつ、被害者も必要以上に大げさにいう場合がある。相手を陥れようとしての告発や。その辺を、どう見抜くかやな」

刑事の任務は哀《かな》しいかな、すべてを疑うことから始まる。それも疑っているとは気づかれずにだ。

「嘘を見抜くですか。交番勤務ではありませんでした」

淳子がため息を吐《つ》いた。

「淳ちゃん、処女かぁ？」

抜き打ちで聞いてやる。一種の職質《バンカケ》だ。

「えっ、そんなわけないでしょっ。私、二十六ですよ」

月明かりの下で淳子が頬を染めた。

「そうかぁ」

嘘か真実《まこと》か。たぶん違うような気がする。

「波留先輩は？」

「うちの処女膜は殉職してしもうた」

真実である。

「どういうことですか？」

と、四条大橋の方から髪を振り乱した女が走ってきた。作務衣姿だ。

「万引きでもしたんですかね？」

淳子の眼が尖った。警察官は走っている人間を見ると逃亡者と思い込む癖がある。

黒い影がどんどん近づいてきた。

「いやいや、追っているのは堅気じゃないみたいよ」

波留も眼を凝らした。

女の後ろから紺絣《こんがすり》の裾を端折《はしょ》った男を先頭に、数人の男たちが追いかけてきているようだ。先頭以外は、ブルゾンやジャケットを着ている。

「ホストクラブの料金トラブルとかじゃないですかね。最近は多いんですよ。私、先月まで交番勤務《ハコヅメ》だったので、よく飛び込んでくる女性に出会いました。とはいえ料金トラブルには口出しできませんしね。どうすることもできませんでした。追いかけてきた人が暴力でも振るってくれたら保護できるんですけどね、そんなドジを踏む追手もいませんから」

淳子が眉をひそめた。

「民事不介入やさかいな」

波留も口を尖らせた。

料金の請求と支払いはあくまで民事上の問題で、警察は恐喝の現行犯でもなければ、口出しは出来ない。

「歯痒《はがゆ》かったですね」

歓楽街の交番《ハコ》にいた淳子の気持ちはよくわかる。

「いやぁあああああ」

女が叫びながら、波留と淳子の前に来た。髪を振り乱して涙を浮かべている。二十歳ぐらいだろうか。化粧っけのない女だった。

「どないしました？」

淳子が女を抱きしめた。女は、懸命に逃げようとしていたが、日頃、柔剣道の訓練をしている警察官の力は強い。

「なんだす？　男の人が大勢《おおぜい》で女の子を追い回すなんて、警察呼びましょうか？」

波留は一歩前に出て、紺絣を端折った四十がらみの男を挑発した。非番なので、厄介なことになりたくないので、あえて警察官だとは名乗らなかった。

「捕まえてくれてありがとさんです。私は祇園の置屋『桃園』で男衆をしております木藤佐助といいます。そこにいるのは当方の抱えの舞妓で、お客様の大事なものを盗んで逃げたので追って来たんです。みっともない話でお恥ずかしい限りですが、どうか身内のことなので、穏便にしていただけませんか」

木藤と名乗った男は、不気味なほど丁寧な言葉づかいで、波留に頭を下げた。だがその背中からは、ただならぬ殺気が漂っていた。木藤の背後にいる男たちも同じだ。

「嘘よ！」

女は激しく首を振り、淳子から逃れて駆けだそうとしている。助けを求めているというより逃げようとしているようだった。

どっちが正しいのかは判断がつかない。

「何を盗んだのですか？」

波留は木藤に確認した。

「お客様はご僧侶で、高額なりん棒でございます」

「りん棒？」

とっさには意味がわからず、波留は聞き直した。

「仏壇のおりんを叩く棒ですよ」

なんとなくわかった。

「高価なものです。しかし警察沙汰にはしたくありません」

祇園は普通の歓楽街とは違う。格式の高い花街である。勢い秘匿性も高い。木藤は神妙な顔つきだ。その気持ちもわかる。

「あんた、ほんまに盗んだん？」

「これ貰ったんです。くれるといいました」

女が作務衣の胸襟から、二十五センチほどのりん棒を取り出した。たしかに朱色の高価そうなりん棒だった。桜の花びらの紋章まで入っている。何宗かまでは、わからない。

「その世界に通じている方々たちの間では、一本五百万円とされるりん棒なのです。自分のような無粋者には、その価値はわかりませんが、お客様にとっては、大切な品物であることに変わりはありません」

さて困った。波留と淳子は顔を見合わせた。

「警察を呼んでください！　私を捕まえたらいいんだわ！」

女が泣き喚《わめ》いた。

波留には、この女が窃盗を認めたように思えた。

これは警察の出る番だ。

振り向くと、淳子も頷いた。ここらあたりは祇園南署の所轄。つまり淳子の庭だった。ただし、今夜は非番だ。警察手帳はお互い署に置いてきている。

淳子がスマホを取り出すと、木藤が眉間に皺《しわ》を寄せ、右足を一歩前に出した。

再び強い殺気が漂う。波留は思わず身構えた。

「早く、警察を呼んでください！」

女がひと際甲高い声を上げた。

と、そのときだ。傍らに黒いセダンが滑り込むようにしてやってきて止まった。助手席の扉が開いて、背の高い、いかにも高価そうなグレイのスーツを着た男がひとり降りてくる。目鼻立ちのはっきりした四十前後の男だ。

「『桃園』の佐助さんではないか。こんなところで、なにをしているんですか？」

「あっ、これは松平《まつだいら》さん。どうも。いや、ちょっとしたことで」

木藤は、きまり悪そうに顔を歪めた。

「女性が、警察を呼んでとかいっているので驚いて止まったのですよ」

松平と呼ばれた男が、最初に波留を、続いて淳子と女に訝《いぶか》し気な視線を寄こした。

「あなたは？」

波留が尋ねた。

迂闊《うかつ》に窃盗の話などはしないほうがいい。決着のついていない話だ。

「自分は、京都府警の松平といいます」

上着の内ポケットから警察手帳を取り出し、波留と淳子にわざわざ開いて掲示した。正真正銘の警察手帳で階級は警視正だった。年齢と階級から判断してキャリアであることは間違いなかった。部門までは見届けられなかったが、府警本部の参事官クラスであることは間違いない。

「私、泥棒しました。捕まえてください！」

「おやおや、自首ですか？」

松平は笑った。

「松平さん、祇園のことやさかい、どうか穏便に」

木藤は土下座せんばかりの勢いだ。

「そうですね。でも私も警察の者ですから、このまま見逃すわけにもいきませんね。

いったん私に引き取らせていただけませんか。事情聴取だけでもさせていただかないと」

松平は笑みを浮かべたままいう。おそらく、盗品を速やかに返却して、説諭《せつゆ》で放免であろう。

――余計な口出しはしないほうがいい。

波留は、淳子に目配せした。

「そしたら、警察にお任せします」

淳子は女の手を離した。

「あなた方は？」

松平が波留と淳子に視線を向けてきた。改めてその顔を見ると、いかにもキャリアらしい知的な風貌だった。

「通りがかりに、彼女とぶつかっただけです」

淳子が先回りしていう。なまじ所轄の者だと名乗って、仕事を増やしたくないようだ。京都府警も大阪府警と同じ大規模警察本部だ。キャリアなどめったに出くわすものでもない。

「お怪我《けが》は？」

一般市民だと思い込んでいる口調に、淳子は「ぜんぜん平気です」と元気よく答えていた。

「それは、よかった」

「では、私たちは先を急ぎますので、これで」

波留が促し、ふたりは祇園に向かって歩き出した。

「危ない、危ない。いきなり仕事をさせられるところやったです」

速足になりながら淳子がいう。

「せやな。働き方改革で、いかに時間外労働がなくなったといえ、うちらはヒラの刑事やし、目の前にキャリアが現れて『それならあんたの所轄に連れて行きなはれ』っていわれたら断れへんもんな」

そういいながら波留は後ろを振り返った。女は松平の公用車に乗せられたようだ。男たちが、まるでヤクザの親分を見送るように、全員で頭を下げている。彼らとしても大事《おおごと》にしたくないのだろう。

「たぶん、所轄には寄らず公用車で本部へ直行でしょうね。車の中で、盗品を返却したら、それでおしまいだと思います。まぁ、あの舞妓さんは二度と祇園へは戻れへんでしょうがね。それで、しゃんしゃんではないでしょうか。『桃園』という置屋ならうちも知っております。昔からあるちゃんとした置屋さんやと思いますし、ことを荒立てたくはないでしょうね」

「同感や。あの警視正はん、祇園のこともよう知ってはるのやろう。国会議員さんやら府警の幹部やらも祇園の客やからな。面倒くさいことにはしたくないやろ」

警察でもアンタッチャブルなエリア、それが祇園だ。

南座が見えてきた。波留は淳子を誘って、南座の手前にある鰻《うなぎ》屋に入った。閉店間際であった。

第二章　色坊主

1

夜更けだった。

黒の法衣《ほうえ》を纏《まと》った花澤満永が、ゆっくりと銀鼠《ぎんねず》色の兵児帯《へこおび》を解いている。太鼓のような腹が白絹の長襦袢《ながじゅばん》を押し上げていた。

「観念せえや。もう逃げれへんよ」

ぶ厚い唇の奥で蝮《まむし》のような赤い舌が躍っていた。

「いやや。こんなんいやや」

飴《あめ》色の床板の上に倒されていた夢吉は、上半身だけを起こして床に両手をつき、腰を滑らせるようにして後退《あとず》さった。二メートルほど下がると、すぐに壁に背中が付いた。

逃げ切れない。

ここは大きな土蔵の中で、奥には仏壇がいくつも並べられていた。どれもが重厚な漆塗りで、見た目はやたら立派だ。高額な仏壇なのだろうが、同じ形をした仏壇が三十基も並んでいると、まるで家具売り場のようで、ありがたみがない。

仏壇の中には、小さな木像《もくぞう》が置かれている。よく見ると、座禅を組んだ満永を模した木像のようだった。

信徒はこれは拝むのだろうか?

想像しただけで虫唾《むしず》が走った。

その手前には、緋毛氈《ひもうせん》が敷かれ、上におりんやおりん座布団、りん棒、木魚の仏教グッズの類《たぐい》も盛大に並べられていた。

「せっかく茶屋でおソソを見たら、鴨川の見降ろせる、ええ旅館に連れて行ってやろう思っていたのに、あんたが、あほなこと考えるから、こんな抹香臭い場所になってしまったんやん。この満永から逃れることなんてできへん」

白絹の長襦袢だけになった満永が、卑猥《ひわい》な笑いを浮かべながら、夢吉の両肩を押さえこみながら、目の前にしゃがみこんだ。長襦袢の裾が割れて、隙間から禍々《まがまが》しいほどまでに勃起した陰茎が覗《のぞ》いた。

皺玉《しわだま》がだらりと伸びている。

「何をするんですか！　これでは強姦《ごうかん》じゃないですか！　本当に訴えます」

夢吉は身体《からだ》を捻《ひね》って抵抗した。

「おまえはほんまにアホやなぁ。警察もわしらの味方なのをまだ知らんのか」

浅黄色の作務衣の胸襟をぐっと開かれた。薄い肌襦袢に乳首が浮き出ているのを見られてしまう。

確かに満永のいう通りではある。

四条通で、警察手帳を掲げて、自分を黒のセダンに乗せた松平という男は、一旦は御所の近くにある京都府警の駐車場に入ったものの、そこで運転していた若い刑事に「俺が、帰りがけに所轄に落としていくさかい、もうええわ」と告げ、自分の車らしいシルバーの小型車に移動させた。

若い刑事は敬礼だけして重厚な造りの府警本部へ入っていった。

京都府警に到着するまでの短い間に、自分がむりやり客と寝させられそうな気がしたので、舞妓の衣装を脱いで、逃げ出してきたこと、りん棒が高価な品であることは知っていたが、女の大事なところをその先端で突かれ、手洗いに行くといったら、勝手に握らされたことなどを手短に説明した。

窃盗の罪で逮捕されたほうが、祇園で男の手籠《てご》めにかけられるよりは遥《はる》かにマシだとも、涙まじりに伝えのだ。

松平は押し黙ったまま何度か頷《うなず》いていたが、運転していた若い刑事は「それ、ほんまの話ですかね」とあまり信じていない様子だったのが悔しかった。

祇園の内側に無縁の者には、俄《にわ》かには信じられないのだろう。

車を乗り換えた松平は、祇園にある警察署ではなく洛北《らくほく》へ向かった。どこへ行くのかと何度聞いても、松平は無言だった。

暗い山道を登り、あっ、と声をあげて気づいたのは、寺の山門を潜《くぐ》ったときだ。

そこは『華岡寺《はなおかでら》』。

花澤真宗の総本山ではないか。

「どうして、ここなんですか！」

夢吉は悲鳴に近い声を上げたが、最後まで松平は無言だった。

車は境内の奥まった所にある土蔵のようなところに駐《と》められ、すぐに黒の作務衣を着た坊主たちに中に連れ込まれた。

漆喰《しっくい》の壁は、どこか黴臭《かびくさ》く、板の床は磨き抜かれているが冷たかった。窓は、跳躍しても届かない高い位置にあり、鉄格子が嵌《は》められていた。

ただ大きな梁《はり》が走る天井には立派な照明が設置されており、室内は煌々《こうこう》としていたので、そのぶん不安感は少なかった。

満永が現れたのは、それから一時間ぐらいしてからのことだ。

「警察がこんなことして許せない！　うち、告発したるわ」

夢吉は大声で叫び、壁を背に立ち上がった。

「騒げ、騒げ、そのほうがわしは燃えるんや」

剃髪《ていはつ》した頭を真っ赤に染めた満永が、ぎらぎらした目で、抱きついてきた。暴れる夢吉を壁に押しつけ、いきなり作務衣の下衣の股間に指を差し込んできた。

ショーツなどつけておらず、薄手の作務衣と肌襦袢だけなので、ほぼダイレクトに触られているようなものだ。

満永の太い指が、薄衣もろとも粘膜に押し込まれてきた。

「絶対に、いやや！」

夢吉は脊髄反射的に、右膝を上げた。膝頭が満永の睾丸《こうがん》にめり込んだ。稲荷寿司《いなりずし》を潰したような感触が膝頭に残る。

「くはっ」

満永が頬を引き攣《つ》らせた。口元が歪《ゆが》む。ついでに足払いをかけた。板の間で滑りやすいが、舞いの修業で鍛えているので、体幹には自信がある。

「あんたがホトケになったらええわ」

捨て台詞《ぜりふ》を吐いて、夢吉は一目散に土蔵の出入り口へと走った。重くぶ厚い鉄の扉だが、内側からの錠は鉄の横棒を穴に挿し込んであるだけのシンプルな構造だった。すぐに鉄棒を左にずらし、取手を捻った。開く感触があったので、扉全体に身体を預けた。

厚さ十センチはあるだろう重い扉が、鈍い音を立てて開いた。境内に並ぶ石灯籠《いしどうろう》が玉砂利を照らしていた。

外に飛び出そうとした、その瞬間だった。

目の前にすっと佐助が現れた。石灯籠の光が佐助の顔の半分だけを照らしている。

「とことん、手間がかかる女やな」

いきなり平手打ちを食らわされた。顔が完全に横向きになるほどの強烈な張りであった。般若《はんにゃ》のごとく眼を吊《つ》りあげた佐助の顔には、この五年間、毎日着付けをしてくれた優しげな面影はどこにもない。

俠客《きょうかく》の眼だ。

「ほんま、うちによう恥をかかせてくれたわ。『岩野』さんには、とうめん顔向けできひんわ」

佐助の背後から桃園の女将《おかみ》、下平雪路が腕を組んだまま現れた。

「お母さん、話がまるで違うじゃないですか。これからお風呂入りを決めるといっていたのに」

夢吉は頬を摩《さす》りながら、雪路を睨《にら》み返した。

「ふん、その日が来る前に逃げよる舞妓《まいこ》は、ようけおるんや。おまえが今日、姿身を長々とみている様子でピンと来たんや。だから『岩野』の近くの喫茶店で待機していた。走るおまえを見たときは、俺の男衆の直感も、まだまだいけてると思ったぜ」

佐助が不敵な笑いを浮かべながら、握り締めた拳でつよく肩を押してきた。鎖骨が折れるような強さだ。

「痛いっ」

強烈な張り手の余韻さえまだ残っている夢吉は、大きくよろけ、土蔵のなかへと戻された。

「ったくよ。騒ぐだけなら、それも愛嬌《あいきょう》と楽しめるが、この女子《おなご》め。金蹴りとはふざけたことしよって。許さんからな」

土蔵の中央で満永が蹲踞《そんきょ》の姿勢で、股間を撫《な》でていた。睾丸を蹴られたというのに、肉幹は屹立《きつりつ》しており、乱れた長襦袢の間から濃い紫色の亀頭が、はっきりと顔を出していた。

「うち芸の道に進みたかっただけどす。旦那なんて持ちたくもありません。神戸に帰してください！」

夢吉は、満永にではなく、振り返り雪路に怒鳴った。

「あんたを修業させるのに、どんだけお金がかかったと思っているんや。五年分の技芸学校の費用もお着物も、みんなうちの家が用意してきたんどすえ！　披露目の祝儀をたんと弾んでもらわんと、釣り合いとれへんやろ！」

日頃は、はんなりした京言葉を並べる雪路の地がでたのか、伝法《でんぽう》な物言いになった。

「そなら、わし戴《いただ》くで、雪路はんや佐助はんの見ている前で貫通させんのも、これ一興やな。おふたりさん、よう、見ててや。わし燃えてきたわ」

満永はもともと露悪的な性癖の持ち主だが、座敷から逃げられたり、睾丸蹴りの目にあって、拍車がかかったようだ。

「いやぁあああ」

夢吉は奥に並べられている、仏壇や仏具の方へ向かって逃げた。どうなるわけでもなく、捕まるのは時間の問題だと、頭の片隅ではわかっていたが、相手にも大きな痛手を背負わせねば気が済まなかった。

「叩《たた》き壊したるわ！」

金色に輝く直径十五センチほどのおりんを手に取り、居並ぶ仏壇のひとつ目がけて投擲《とうてき》した。

おりんは磨き上げられた黒塗りの仏壇の中央に激突。中にあった満永の木像が吹っ飛んだ。木像の方は安手の木材を使っているようで、あっさりと首が折れた。

「なにしおる！　その三点だけで、五千万にも一億にもなるんやぞ」

「このくそアマ！」

血相を変えた満永と責任を感じたらしい佐助が、左右から同時に襲いかかってきた。

「うぅっ」

夢吉はさすがに捕まった。

2

「いやぁあああああ。絶対に、いやあああ」

瞬く間に、作務衣を脱がされたが、夢吉は懸命に抵抗した。動きを止めて、おとなしくすること自体が、セックスの同意となるようで、絶対に嫌だった。

薄い肌襦袢の上下だけにされても、板床の上を転げまわった。乳首は透け、裾がはだけて陰毛も見え隠れしているが、そう簡単には挿し込ませたくない。

いざとなったら満永の陰茎を噛《か》み切ってやるつもりだ。

「億万回、抜き差しせんと、気が済まんわい」

仏壇と自らの姿を模した木像を破壊されたことで、満永は頭に血が上ってしまったようだ。

六十四歳という年齢にもかかわらず、火事場の力でも出たように、思い切り床を蹴り、その巨体で夢吉に覆いかぶさってきた。

「あうっ」

肌襦袢の下衣の紐《ひも》を引き千切られ、腰から下が露《あら》わにされる。両足首を取られ、大開脚させられる。これでは女の紅《あか》い亀裂が丸見えだ。満永が陰毛を手のひらで逆撫でし、淫処に顔を近づけてくる。

太腿《ふともも》できつく挟み、舌の前進を拒んだが、剃髪頭《ていはつあたま》なので抵抗が少なく抑え込むことは出来なかった。涎《よだれ》まみれの舌が伸びてくる。

「未通女《おぼこ》でも、ここは弄《いじ》って遊んではったんやろなぁ。おぉ、ぷっくらと膨れとる」

舌先が、女の尖《とが》りに触れた。かつて体験したことのない、強烈な快美感に見舞われる。正直、指で触ったことは幾度もある。畳んだ扇子の尖端《せんたん》で浴衣の上から擦《こす》ったこともある。

だが、当然だが舐《な》められた経験はない。

舌とはこれほど滑らかなものなのかと、のけ反りそうになる。これが思いを寄せた相手ならば、みずから尖りをせり出すに違いない。

それでも、舌を動かしているのが満永だという現実に引き戻されると、嫌悪の気持ちの方が強くなる。

「いやなものはいやです。ぜんぜん気持ちよくないです！」

夢吉は再び膝を上げた。自ら一旦腰を丸め、満永が上向きになった秘所に、卑猥な視線を落としてきた瞬間に、その頬に膝頭を叩き込んだ。

「ぐはっ」

満永の顔が瞬間的に波打ち、そのまま横転した。夢吉は、そこで立ち上がろうとしたが、満永に足払いを掛けられる。前のめりに倒れた。

「あうっ」

「こら、佐助、なにをぼんやりしとる、このくそ舞妓の両足を押さえんか！　雪路もなんとかせい。せやなかったら『桃園』への融資は、これまでにするぞ」

痛みを散らすためか、満永はしきりに頭を振っていた。

「夢吉、いい加減にせんかい！」

佐助に髪の毛を摑《つか》まれ、頬を二度三度と張られた。

佐助の張り手はいかにも玄人の打ち方のようで、手の動きは軽やかなのに、打たれた瞬間から頭がくらくらした。

立ち上がろうにも動けず、その場に横たわっていると、すっとんできた雪路がいきなり塩沢紬《しおざわつむぎ》の裾を襦袢ごと捲《めく》り、夢吉の顔に跨《また》がってきた。

「お母さん、なんてことしますねん。んんんっ」

視界が真っ暗になり、夢吉の唇の上に、雪路の淫処が重なった。まさか、女将の花園に口を塞がれるとは、思ってもみなかった。

　ぬるぬるした。

　こんなところにも香を焚きしめているのか、生臭さはなく麝香《じゃこう》の香りがした。

「佐助、脚をしっかり押さえとき！　宗主、早く挿し込んでしまいなされ。未通女は、まず挿すことどす。なんどか、行き来させたら、大人しくなりますよって」

　雪路の声がする。

　両足首ががっちり握られ、大きく割り広げられた。佐助の力は強い。

　これは明らかに強姦《ごうかん》だ。

「おうう。ぶち込んで、ぶちのめしてやるわ」

　雪路の背後に、満永が跨る気配がした。足は完全に抑え込まれている。

「いやっ、訴えます！」

　そう叫ぶが、唇が雪路の粘膜の上で滑るだけだ。

「くすぐったいわ」

　雪路がさらに股に力を込めて、夢吉の顔を圧迫してきた。花びらが擦れ、鼻孔のあたりに縮れ毛が触れた。

　くすぐったいのは、こっちだ、と夢吉は思った。

股の間に、満永の硬直した肉の頭が当たるのがわかった。花芯の上を何度も行き来させている。肉同士を馴染《なじ》ませているようだ。粘液が亀頭に塗《まぶ》されていくいやらしい音が鳴る。

「たっぷり濡《ぬ》れとるな」

「くっ」

不意に亀頭が、蜜が湧きあがっている窪みの上で止まった。強い圧迫があった。自分の指より太いものは入ったことがない秘孔だ。

五年前、雪路の面接を受けた際、しつこく男を知っているかどうか聞かれたのを思い出す。

中学生ですでに経験したという仲間もいたが、その真偽のほどはわからない。仲間同士で知ったかぶりをしたがる年頃だった。

花街で修業するようになって振り返ると、夢吉のいた中学では男を知った女はいなかったような気がする。

もちろん夢吉もそうで、自信をもって処女だと答えたものだ。

それから五年、置屋と技芸学校とお茶屋だけが、夢吉の行動範囲となった。常に雪路と佐助、それに先輩芸妓に監視される日々だ。

男と関係を結ぶなどありえない環境であった。

ふつふつと湧き上がる欲情を抑え込むのは、いつだって自分の指だ。膜があるかないかと聞かれれば、それはない。指が突破してしまっている。

そして、今夜初めて自分の指以外のモノが入りこんできた。

男を知らないというのは事実だ。

「あぁ……」

ぐっと、ゆで卵サイズと弾力の亀頭が押し込まれてきた。秘孔の入り口が、むりむりに開かされる。口にあまる大きな饅頭《まんじゅう》を一気に頬張ったときの顎が外れるのではないかと思うような感触に似ていた。

「ひぃいいいいいい」

「入ったで。まだ浅瀬や」

満永がその状況をわざわざ雪路に伝えている。

「宗主、そこらへんで、少し擦ったらよろし。一気に突っ込んで、膣痙攣《ちつけいれん》でも起こされたら、やっかいやし。ゆっくり広げていくにはそのほうがええと思います」

「女将、さすがに年の功やな。何十年も前のことを思い出しよったか」

「何十年前やおへん。ちょっと前のことどす」

満永が高笑いし、膣の入り口付近で、亀頭を擦り立て始めた。小刻みな摩擦だ。

夢吉は、膣路が次第に拡張されるのを感じた。

「んんっ、はうっ」

擦られている穴の入り口には、無理やり拡張される鈍痛があるのだが、どうしたことか、奥の方が疼《うず》いてきた。じわじわと快感の輪が広がりだし、とろとろとした蜜が入り口の方へと向かい始めた。

まるで満永の亀頭を出迎えに向かっているようで悔しいが、止めようもなかった。

そのまま浅瀬で、肉の笠張りで執拗《しつよう》に擦り立てられ、夢吉は次第に切羽詰まった声を上げざるを得なくなってきた。

「あっ、んんっ、ふぅ」

喘《あえ》ぐたびに、唇の上で雪路の肉ビラも蠢《うごめ》いた。

「ほう、緩んできよったで」

満永の満足そうな声が響いてくる。

「ほな、宗主、もうちょい中へ進めたらよろし。この子はまだ腫れ物を知らん。そこをちょっとだけ鰓《えら》でくしゅくしゅしてみはったら、どないどす」

再び雪路が誘導をした。

「おうっ。腫れ物な」

いうなり満永の亀頭が、膣の真ん中あたりまで侵入してきた。肉棹《にくざお》が少しだけ斜めを向くと、鰓が膣の上方に当たる。雪路の誘導通り、満永はそのワンポイントをくしゅ、くしゅっと音をたてて摩擦してきた。

少したって、膣の界隈《かいわい》の様子に変化が起きる。摩擦されているすぐ真上にある尿道が刺激されだしたのだ。

「あっ、あかん！」

夢吉は、雪路の秘孔に向かって悲鳴を上げた。この一点だけを摩擦されると、いまにも噴き上げてしまいそうなのだ。

「宗主、今夜はそこらへんまでで、ええんとちゃいますか。それとも初手から噴水を浴びたいどすか」

「いや。その趣味はない」

「ほんなら、一気に奥へどうぞ」

雪路はまるで座敷に客人を招き入れるときのような口調でいっていた。

「せやな。夢吉、いくでぇ。これが男の味や！」

満永が尻を跳ね上げたようで、亀頭は一度、浅瀬まで引き上げられた。

「はう」

急な引き上げも、肉層が逆撫でされ、とんでもない快感を呼び起こした。

次の瞬間、亀頭が猛烈な速さで叩き込まれてきた。

「うぅうぅうううう、あっ」

子宮が潰されたようだ。

「貫通や！」

満永が誇らしげに叫んだ。

そのとき、夢吉の口を塞いでいた雪路の秘所から、トロリと濃い蜜液が吐き出されてきた。唇がベトベトになる。

「お見事でございます」

佐助の声が響き、握られていた足首が解放された。足を閉じても、身体のど真ん中を男根に貫かれていることに変わりはなかった。

こちらからでは、抜きようのない太い肉棒である。

「もう、おとなしくなるでしょう」

雪路が立ちあがり、脇へ退いた。夢吉の視界も開けた。目の前に総身に汗を浮かべた満永の顔が迫っている。

女の股を押し付けられているのも息苦しかったが、満永に顔を覗きこまれるよりはマシだったと思い直した。多量の汗を掻《か》いた満永の丸顔は、妖怪のようでおぞましい。

「ふう」

悔しさに、その顔を睨み返した。

「おまはんの指とは、気持ちよさが違うやろ」

挿し込んだままの肉幹をゆっくり動かしながらいう。満永に自慰をしていたことを見破られて、死にたいほどの羞恥に襲われた。おそらく経験豊富な満永は、通じた感触から、指が通っていたことをかぎ取ったのだろう。

顔を見られるのは恥ずかしすぎた。

夢吉としては、何もいい返せず、ただただ睨み返すしかなかった。

「そんな怖い顔してもあかんで。すぐに顔が溶けてしまうよって」

満永の両手が夢吉の太腿の裏側をぐっと持ち上げ、尻が丸まるようにされる。

「あっ」

股間が上を向き、挿し込まれていた男根がほぼ垂直になった。子宮の周りから得もいわれぬ快感が湧き上がってくる。

とても平常心ではいられなくなり、きづくと夢吉は満永の背中に手を回していた。

「ほれ、うっとりとした顔になった。女が崩れていく様子は、いつ見てもええな。昂奮《こうふん》するわい。もう怖くないやろ、もっともっとええ気持ちにさせたるわ」

つい今しがたの荒っぽい口調とは裏腹に、満永は、猫撫で声で囁《ささや》いてきた。

「もう、ええようですな。うちら、外へ出てまひょか」

裾を払いながら雪路が気を利かせた。

「あぁ、もうお帰りになってよろし。いまさらお風呂入りなんて儀式は要らんな。請求書だけあげてくれたらよろし」

満永はいいながら、はやくも腰を送り込んできた。

「ふはっ、あふっ、んんん」

どんなに歯を食いしばり、無反応を装《よそお》おうとしても、こみあげてくる快楽の波には抗《あらが》えなかった。

「宗主、どないでっしゃろ。その夢吉、もう祇園に戻すのは無理やと思います。いっそ引いてもらえんでしょうか」

雪路がそんなことをいいだした。

「ほうか、ほうか。そっちは手を引くか」

夢吉の肌襦袢の上衣の紐を、まるで宝物の箱を開けるような丁重さで解きながら満永は確認している。

「そうどす。一切無縁とします。あとは宗主の腕次第でございます」

雪路の声がひと際甲高く響いた。

「まぁ、わしの懐具合を見て、請求書をあげてくれたらよろし」

「おおきに」

雪路と佐助は引きあげて行った。重い扉が開く音と閉まる音。

「夢吉、おまはん、本名は何という？」

唐突に聞かれたので困惑した。

「神崎安奈……」

思わず口走ってしまう。

「安奈か、ええ名前じゃのう。いまから安奈になったらよい」

人が変わったように優しくなった満永を、真顔で見返した。実に穏やかな眼差《まなざ》しを向けてくる。その落差に驚かされ、戸惑った。

「私は、もう祇園に連れ戻されないんですか」

汗まみれのだぶついた腹に拳を当てて逃げ出すのが本来、取るべき行動だと思うが、安奈は満永の背中に腕をまわしたまま甘えた調子で聞いてしまった。

自分でも信じられない思いだ。セックスをした相手とはこうなってしまうものか。

「せや」

満永がはっきりと頷いた。

「それは、あなたの囲い者になるということでしょうか」

大事な質問だった。そんな気はさらさらない。

「まさか。いまの世の中にそんな人買いみたいなことが出来るわけがない。あんたの気持ちしだいだ。ここから逃げるもよし、しばらく居るのもよしだ」

「いましていることは、人買いと同じだと思いますが……」

肉を繋《つな》げてしまった上では後の祭りだが。

「まぁ、そういうな。どうしてもあんたを抱きたかった。仏の道にまい進しても、捨てられぬ欲というものがある。特に色欲《しきよく》だ。わしは六十四歳や。持って二十年。早ければ十年やろな。老い先短い老人や。ちょっとぐらい色の道に付き合ってくれても罰は当たらんだろう」

あまりにも優しくいわれ、しかも膣の中で肉棒を微妙に動かされながらのことなので、断りづらい気持ちになった。それに、いったいどのぐらいの額を桃園に支払うのだろうと気になった。

安奈は沈黙した。心のあちこちに隙間が出来始めたのだ。

満永が、肉を大きく動かしてきた。男と女の肉交の気持ちよさが次第にわかってきた。これは確かに色恋とは別次元の欲だ。

「あぁ……」

「なぁ、三か月ぐらい、ここで遊んでおったらどうや。ここでその先のことをじっくり考えたらよろし」

耳もとでそう囁かれた。

三か月。

その期間だけ満永の女になれ、というふうにも聞こえる。こうも下手《したて》に出られると、満永に対する嫌悪感も薄れてくる。

心の隙が大きく広がってきた。防備が薄れてくる。

この程度のことを三か月続けるくらいよいではないか。

「三か月ですか」

「せや、それだけでええ。贅沢《ぜいたく》もさせてやる。稽古事も続けたかったら、なんでも用意したる」

満永が哀願するように眼を細めた。

ひょっとしたら、この満永を籠絡《ろうらく》出来るのではないか。ふとそんな思いまでが頭を過《よぎ》る。それに、なによりもいまは肉層が疼いてしょうがなく、はやく擦り立ててもらいたかった。

「三か月だけならば……」

吹っ切れたわけではないが、安奈は自分から、腰を少しだけ打ち返した。

今後の方針が決まるまで、この寺で静かに過ごすのも悪くないのではないかと思えた。

3

安奈が寺に残ることに同意すると、満永は嬉々《きき》として、挿入をしたまま、唇を求めてきた。

これまでならば、顔が近づいてきただけで、おぞましさに鳥肌が立ったものだが、どうしたわけか、拒否する気持ちが薄れていた。

これもまた下の口を繋げてしまっているせいであろう。

風俗嬢にはセックスをしても決してキスをしないという不文律があると聞いたことがあるが、安奈はもはや気にならなかった。

キスを拒絶するのは、身体は許しても、けっして心は許してはいないという意味が込められているのだと思うが、現在、恋人そのものがいない安奈には、特に守るべき何かがあるわけではなかった。

理想とはおよそかけ離れた結果ではあったが、満永が初体験の相手という事実は、もはやくつがえらない。

そうなるとむしろこの体験を、傷にしたくないとも思う。

それに加えて満永の腰使いは、とにかく気持ちがいいのだ。

男は容姿ではない、というかつて雪路に教わった言葉が脳内に甦《よみがえ》る。

雪路の意図することは、男の選別は経済力の見極めという、置屋の女将としての至極まっとうなものだが、それをも乗り越えるのが、肉の味わいではないだろうか。

見かけも、優しさも、経済力をも超えてしまう魅力。

それがセックスの良さかも知れない。

「んんんっ」

こんな蛮行《ばんこう》をされているというのに、ねっとりとしたぶ厚い唇を重ねられ、蛸《たこ》のように吸いつかれると、満永に心まで持っていかれるような気分だ。

悪くない気分だった。荒々しい吸い方だが、それがまた安奈の性欲を掻き立ててくるのだ。

二十歳まで男を知らなかった唇や舌が、一気に淫情に目覚め始めているようだった。

「ええ顔や。気持ちええんやろ。口吸いは、気持ちのええもんなんや」

たっぷり唇を舐めまわした満永は、いよいよ舌を差し込んできた。踊るように動き回り、涎もどんどん送り込まれてくる。

涎に塗《まみ》れた舌で、口の中を掻きまわされるのは、膣の中に指を這《は》わせているのととても似ていると思った。口の中がこれほど気持ちいいとは知らなかった。

口蓋《こうがい》や歯茎の裏側まで舐め尽くされると、知らず知らずの間にヒップまで揺れてくる。

「ああんっ。んふっ」

つい今しがたまで持ち続けていた嫌悪感など微塵《みじん》もなくなり、満永の舌が、愛《いと》おしくさえなっている。

安奈はとうとうみずからも能動的に舌を動かしはじめた。

裸で抱き合う男と女のように、舌を絡ませ合った。

「そうや、素直になりはったらええ。安奈は、わしが思った通りスケベなおなごはんやのう」

息継ぎの合間にそういわれ、安奈は恥ずかしさで耳朶《みみたぶ》まで紅くした。

うちは、普通の女よりスケベなのか。

同年代の普通の女子からは隔離されたような生活を送ってきたので、誰かと比較しようもない。

満永にスケベだといわれると、そう信じるしかなかった。

抗《あらが》わずに、なすがままにされていると、満永は秘孔から肉茎を引き抜いた。蜜まみれの肉の塊《かたまり》は湯気でもあがっているように見えた。

「握ったこともないいんやろうな。安奈のお蜜で、ぬるぬるやがな」

右手首を摑まれ、剛直に導かれた。

「いやっ」

そう小さく叫んだものの、言葉とは裏腹に手のひらは、しっかり逸物《いちもつ》を握っていた。微熱を発する別な生き物に触れているような感じだ。

「ぎゅっと強く握ってかまわん。擦《こす》ってくれ」

いわれるままに手筒を上下させると、温かい生き物はビクンビクンと跳ね上がり、さらに硬度を増してきた。

はじめて触れる男根は、とても触り心地がよいもので、一度触ったら病みつきになりそうだった。

安奈はゆっくり擦った。

「ええぞ、ええぞ。そのままゆっくり扱《しご》いてや」

と満永は喜悦に頬を緩めながら、安奈の淫処にも指を這わせてきた。さきほどは、無理やり挿入されたが、秘所を指で撫でられるのはこれが最初だ。

座敷で着物の上からりん棒で擦り立ててきたときや、挿入の際の横暴さとは打って変わり、満永は触るか触らないかの感じで責めてきた。

「あぁあん」

予想を裏切るソフトタッチに、安奈は思わず喘ぎ声をあげさせられた。

「どうや、ええのんやな」

すでに腫れあがっているだろう女芽《めめ》の周りをくすぐるようになぞってくる。微妙な刺激に、腰が揺れ始めた。ついつい肉棹を握る手に力が入る。

「あぁ……」

あまりのじれったさに息も絶え絶えになり、満永の指に女芽の頂きを突いてほしくなり、せがむように自ら股座《またぐら》を、動かした。

と、満永の指がすっと下がって秘孔へと向かう。けれども挿し込んではくれない。たっぷりたまった蜜液の上で、ぴちゃぴちゃと指を遊ばせているだけだ。

「ええのんやったら、ええとゆうて欲しいねん」

満永が、狸《たぬき》のような顔を近づけてきた。

「ええどす」

安奈は、か細い声でいい、こっくりと頷いた。屈服した思いだ。

「さよか、ここから先は、どないして欲しい？」

今度は敏感になっている肉のフリルを左右に押し広げながらいう。さらに微妙な快感が湧き上がってくる。

「そんなこと聞かないでください……」

「強姦やとかいわれても困るよってな、ちゃんと確認しておるんや」

いまさらよくいうと思うが、もしやここで指の動きを止められてしまったらという恐怖心の方が強く働いた。

「……突いてください」

「どこをや？」

「め……女芽を」

感極まったように口走り、安奈はがくんと自ら股座を跳ね上げた。不意を突かれた格好になった満永の人差し指を弾《はじ》くように女芽がヒットした。

「ぁあぁああ、いいっ」

女の突起が熱狂した。気絶してしまいそうなほど大きな快感が走る。安奈は大きくのけ反った。

「あんた、ほんまにすけべえや。そんなら、おソソのあちこちを虐《いじ》めても、ええのんやな」

いちいち確認をとってくる満永に、逆に苛立《いらだ》ってきた。

「お願いします。好きなようにしてください」

自分はいったい何をいい出しているのだろうと、もうひとりの自分の声がどこかから聞こえてくるが、もはや後戻りの出来ない愉悦に、身も心も囚《とら》われていた。

「ねだられたら、しゃあないな。わしも男やさかいな。そんなにいうなら虐めたろか」

満永の指がいきなり機敏になった。

親指がまるで印鑑でもつくように、バンと尖りを押してきた。

「あう！」

続いて洪水のようになっている秘孔に人差し指を根元まで挿し込まれ、恥肉を掻きまわされた。

尖りと孔の二点責めに、安奈は歓喜の声をあげつづけた。次々に訪れる痺《しび》れるような快美感に、いつの間にか、媚《こ》びた視線まで向けるようになった。

満永はその視線に敏感に反応した。

「そろそろ挿入して欲しいんなら、わしのも扱きなはれ」

「はい」

従順に返事をしてしまう。握った肉棒を猛烈に擦り立てた。

「おうっ、ええな。そんなら仕切り直しの挿入や」

徐々に満永は元の命令口調に戻っている。硬軟織り交ぜて、安奈を翻弄しようとしていることはわかりかけていたが、もはやそんなことはどうでもよかった。

これまで男がこんなに気持ちがいいことをしてくれる存在だとは、露ほども知らなかったのだ。まんまとひっかかったにせよ、快楽をくれるのならば、それでいい。

「自分で脚を思い切り開きなぁや」

そんな恥ずかしいポーズまで要求されても、一度火のついた欲情はおさえられるものではない。それどころか、煽《あお》りたてられてしまい、膣層は洪水のようになっている。安奈は虚《うつ》ろな目をしたまま、床に尻と両手をつき、もじもじと脚を広げた。

「なんやら、いい匂いのおめこやなぁ。それにヌルヌルが光っておる」

満永が棹の根元を握り、膝だちで進んできた。

亀頭が秘孔にあてがわれる。また入り口でくしゅくしゅされるのだろうか。期待に女芽まで膨らんだ。

ぎゅぎゅっと、開いた股の間に衝撃が走った。

「んんんんんわぁあああ」

亀頭は一気に子宮まで潜り込んできた。想定外の衝撃に、安奈は、はしたない声をあげ、のたうち回った。

「おぉ、よう締まる。くっ、ええぞえええぞ。もっと締めいっ」

満永の顔は、惚《ほう》けた狸《たぬき》から獰猛《どうもう》なブルドッグのような顔に変わっている。かっと見開いた眼が鋭く光り、左右のたるんだ頬をぶるぶると震わせながら、怒濤《どとう》のようなストロークを見舞ってくるのだ。

「あふぅ、ぬはっ、くくくぅっ」

秘口に食い込む肉棹が容赦なく、恥肉を抉《えぐ》り、子宮の周辺のもっとも感覚の鋭いあたりを集中的に攻めてくる。

「それそれ、どうや、どうや」

太すぎる棹に肉層がどんどん拡張され、もう元の狭い路には戻らないのではないかと思わされるほどだ。それだけ満永の棹の形が膣に記憶されるということでもある。

ずんちゅ、ぬんちゃっ。

肉の出没運動が続いた。抉ってくる肉棹に絡みつくように膣肉がうねうねと張り付いていく。

次第に尻が浮き、脳内にエロスが充満してきた。

切羽詰まった衝動だ。

「あぁぁ……」

峠が近づいているのは明白だった。どこかにふっと飛ばされそうな感覚だ。

「入信せぇ」

唐突にそんなことをいわれた。切羽詰まっているところだ。

「んんんんっ」

「この寺で、芸事を学びながら、わしの手伝いをせんか」

満永はいきなり腰の動きを止めた。絶頂間際の寸止めだ。

「お手伝い？」

上擦った声を上げるしかなかった。

「あぁ、いろいろな手伝いや。それには入信してもらわんとな」

こんな状況で、深く考えることなど無理だった。入信でもなんでもする。

「はい、わかりました」

「ええ子や」

そこから満永のぴっちり嵌まり込んだ肉幹の大ピストンが始まった。縦横無尽についてくる。

「あぁ」

自分自身の身体がどうなってしまうのかわからなかった。総身がばらばらになってしまいそうな快感だ。

「いくぅうううううう」

太腿を痙攣させ、安奈は背中を反らせながら、極限をみた。

「おぉおおお、最後もきつく締まるなっ。わしも出るっ。おう、出る！」

満永が目を剝《む》き、熱汁を噴射させてきた。

これが男の精か。

なにもかもはじめて尽くしの夜が、ようやく終わろうしていた。

4

真木洋子《まきひろこ》は総理官邸二階のオフィスで、統一地方選における民自党の闘いぶりを分析していた。

このオフィスの表向きの名称は『官邸資料室』だ。

しかしてその実態は、現総理、中林美香《なかばやしみか》が直轄する秘匿《ひとく》部門『真木機関』である。

警察庁から出向のメンバーだけで構成されている特務機関だ。

本来は、通常の警察では手に負えない事案について、総理の独断で特殊工作を仕掛ける部門だ。

だが平時においては政府や与党の政敵の芽を探し出す調査や、選挙分析なども行っている。

独自の内偵で調べた結果を総理にだけ伝えるためだ。

倫理観としては、警察庁は政治からはもっとも距離を置くべき官庁であろうが、警察も所詮は内閣府の外局であるわけだから、ときの政権にとって都合のよい方向で動くことは致し方ない。

それは諜報《ちょうほう》機関である内閣情報調査室《サイロ》も同じであって、本来の使命である他国の諜報活動に眼を光らせるのとは別に、政府や民自党のための諜報活動も行っている。特にマスコミ対策や政権にとって都合のよい印象操作においてはサイロの工作は際立っており、ときに政敵の芽をメディアを使って摘んでしまうこともある。

一方、真木機関が選挙分析や印象操作の奇想を考案するのは平時のみで、ひとたび総理から特殊工作の命が下ると、官邸には後方支援《ロジスティックス》スタッフだけを残し、捜査員は全員潜入捜査に入る。

中林美香が、日本初の女性総理に就いた年に発足したが、すでに二年が経《た》つ。ただし真木機関は、中林美香総理の特別諮問機関としての色合いが濃く、現総理一代限りの機関ともいえる。

中林総理が辞任すれば、それは真木機関の解散も意味する。

いわば一連托生《いちれんたくしょう》の部門ともいえる。

洋子は中林総理のフラットなスタンスが好きであった。民自党のお家芸である派閥の合従連衡《がっしょうれんこう》の末に生まれた総理であるが、大方のショートリリーフという見方を鮮やかに裏切り、思いも寄らぬ高い支持率の持続で、本格政権化している。

選挙を考えると誰も中林を降ろすことが出来ない状態だ。

総理本人も徐々にしたたかさを身につけ、政権発足時は初の女性総理である目新しさや、いわゆるそれまでのタカ派長期政権で綻びが出たイメージを刷新するがごときハト派的な政策を打ちだしたが、ロシアが特別軍事作戦に出て以来、安全保障政策重視に軸足を移し、保守層の支持も得ている。

案外、長期政権になるやも知れなかった。

洋子は政策には一切口出しせず、特命の遂行にのみ励んでいるが、実のところ、心の奥底では、中林美香の中道的政策に私淑の念を抱いている。

そうでなければ身体を張って、総理のために働くことは出来ない。

中林の何事にもシロクロつけようとせず、左右の意見を足して二で割る手法が、案外好きだった。

テレビ局の報道部出身だけあって、記者を取り込む能力も高い。

それでいて、排除すべきと考えた悪の芽については、早期に真木機関に命じてくる。その勘所の良さには、いつも舌を巻く。

「首席、五階から呼び出しです」

内線電話を持ったIT分析官、小栗順平《おぐりじゅんぺい》が回転椅子を回しながらいう。

官邸の五階は、総理執務室と官房長官執務室である。

「あら、参議院が子育てと介護のどっちを優先するかで紛糾しているというから、夕方過ぎまで呼び出しはないと思っていたわ。小栗君、資料は出来ている？」

洋子は腰に手を当てて聞いた。四月にしては蒸し暑く、窓から差し込む陽光も夏のような強い光だ。

「はい。こちらに」

激戦区に的を絞った状況分析表を小栗が差し出してきた。

「ありがとう」

洋子は受け取り、応接セットで葉巻の煙をくゆらせながら、タブレットをながめている松重豊幸《まつしげとよゆき》の方へ足を運んだ。松重は、真木機関の次席である。もともとは新宿七分署の組織犯罪対策課刑事で潜入捜査の大ベテランだが、キャリアの洋子にとっては、実戦捜査の参謀のような存在である。

「松《ま》っさん、総理に呼び出されたけど、一緒に付き合ってよ」

「はい。暇でこまっていたところです。自分は、外を回ってなんぼの現場刑事ですから、官邸で分析仕事など性に合わないですよ」

松重は白くなり始めた頭髪を撫でながら立ち上がった。

「あら、だから松っさんには、待機中は好きにしていていいといったはずだわ」

洋子が肩を竦《すく》めてみせる。

「といってもですよ。潜入捜査が専門ですから、あちこちに顔を晒《さら》したくないですよ。それにこうしていつお呼び出しがかかるかわからない」

松重のいうことは至極当然だった。総理が密命を下してくるケースには、官公庁内の内部探索が往々にあるからだ。

隠蔽《いんぺい》体質の役所で、身内による問題調査は難しい。そんなとき真木機関が潜る。そのうえで表面化しないようにカタをつけてしまう。

待機中はじっと官邸内で息を潜めているのはそのせいだ。

「そうね、松っさんにとっては、一日も早く任務についたほうが伸び伸びできるってことね」

「そういうこってす」

笑いながら専用オフィスを出て、官邸中央の壁と壁の間にある隠し階段に向かった。

ここ総理官邸にはいくつもの隠し階段や、裏エレベーターがある。

表向きのエレベーターでは一階ロビーのマスコミ専用エリアから『誰が入った、出た』というのが一目瞭然となってしまいお忍び訪問というのが出来ない。

また総理執務室がある五階のエレベーターホール前というのも、吹き抜けのロビーから見上げると丸見えになっており、官邸内のスタッフが通過するのもマスコミは確認することが出来る。

すべては開かれた官邸を演出するためだ。

ただし、すべてがオープンとはいかないのが、政治の世界だ。

そのためにマスコミには見えず、また官邸内でも一定の職員しか知らない隠し階段やエレベーターが存在するのだ。

官邸に入ったことさえ知られてはならない人物が、総理や官房長官に面会に来る際には、官邸真向かいにある内閣府庁舎から、秘密の地下道を通ってくるという噂《うわさ》もある。

洋子でさえ知らない通路だが、そこを通るのはおそらく、防衛省の情報担当幹部をはじめとした安全保障にかかわる諜報担当官僚や、金融政策に関して非公式に会談するために訪問する日銀総裁などではないかと、勝手に想像している。

洋子は常に階段を利用している。

たとえ裏エレベーターであっても、誰かと乗り合わせることはありえるからだ。洋子が元々中林総理担当のSPであったこと、現在の資料室勤務が覆面《カバー》であることも、官邸の幹部職員は知っている。また洋子が動くと総理が何かを命じた、と感づかれてしまう。

官邸の中でさえ真木機関は、息を潜めて暮らしているわけだ。

照明もすくない薄暗がりの階段を上り五階にたどり着き、扉を開ける。そこは総理執務室の裏側に面した通路だ。

SPのいない常に施錠されている扉がある。

洋子がノックすると、明るい声がしてすぐに開いた。

「洋子ちゃん、いらっしゃい。あら、松っさんも一緒ね」

まるで親戚でも迎えるような調子で、扉を開けたのは日本国第百一代内閣総理大臣、中林美香だった。ロイヤルブルーのツーピースがよく似合っている。

「失礼します」

洋子は敬礼して入室した。

白壁とマホガニー素材で統一された室内は、とてもシックな印象だ。巨大な執務机の真横に国旗が立てられ、中央に巨大な応接セットがあった。その脇にキャスター付きのワゴンに載せられたコーヒーポットとカップがある。

「秘書官たちは外させているから、ちょっと待ってね」

総理大臣が応接テーブルにカップを並べ始めた。

「いやいや、それ私がやりますから」

洋子は慌てて、コーヒーポットを持ってテーブルに進む。

「悪いわね、洋子ちゃん。わざわざ来てもらったのに」

歳《とし》が近いせいもあるが、なんだか従姉妹《いとこ》同士のような接し方だ。

「任務ですから」

洋子はポットを持ったまま背筋を伸ばした。

「コーヒーを注《つ》ぐのは任務じゃないでしょう」

そういうケジメには、とても神経を使っている総理だ。

「ですが、気持ちとしてやらせてください」

洋子も譲りたくなかった。だいたい、この総理がやたら陽気に振るまっているときは要注意なのだ。

「そお？　じゃお願い。えーっと、だったらこれこれ」

と総理は、巨大な執務机に向かい、その足元から紙袋を取り出してきた。

「これ、私のお気に入りなのよ。『東京會舘』のプティガトー。一口サイズで美味しいのよ。いろいろあるから食べましょう。ほら、そんなに緊張した顔で立っていないで、ふたりとも座って」

総理は近所のおばちゃんのようなノリで専用のソファに腰を下ろし、クッキーの箱を開け始めた。

小粒なクッキーが二十種類も詰まっていた。

今どきの趣向を凝らしたキラキラした感じのクッキーではなく、伝統的な英国風クッキーという感じだ。

「おいしそうですね」

洋子は素直に反応してしまった。

「これ本当は、紅茶の方が合うのよね。ダージリンとかアールグレイとか。でもコーヒーとの相性も悪くないの」

妙にはしゃいでいる。

洋子と松重は対面する六人掛けソファに座る。洋子が三人分のコーヒーを注ぐ。

三人の前から香ばしい匂いが立ち上がる。官邸食堂から取り寄せたごく普通のブレンドコーヒーのはずだが、場所が場所だけに高価そうな感じがした。

総理はミルクを足している。

「なにか事件でしょうか」

ブラックで一口啜《すす》った松重が切り出した。

「そうなんです。ちょっとしたこと」

総理はにっこり笑う。ハート形をしたパイを口に運びながらいった。

洋子は詰め合わせ箱に並ぶ二十種のクッキーのすべてに目を通し、三日月形のチョコチップを選んだ。

松重は目もくれない。

「ちょっとしたことですか?」

「京都での選挙がちょっと危険な匂いがするの」

パイを齧《かじ》りながら中林美香総理がいう。とたんに眼光が鋭くなった。

洋子はすぐに手元の資料を凝視した。京都はなかった。ということは、すべての地区で優位に展開しているということだ。

「私たちの調査では、京都に問題選挙区はございませんが、内閣情報調査室《サイロ》から、なにか特別な指摘がありましたか?」

「いや、サイロも絶好調だと報告してきました」

総理は次のクッキーを探している。穏やかな目に戻っていた。五秒ほど箱を凝視した結果、円形の中心にチェリーが載っているのを取った。

「そのどこに危険な香りがするのですか?」

松重が身を乗り出してきた。

「松っさんは、どれにする?」

総理がクッキーの箱を指さした。

「いや、自分は甘いものは苦手でして」

酒と煙草《たばこ》が大好きで、近頃は葉巻に凝りだしている松重だが、甘味系は大の苦手だ。

総理は「あらまぁ、ごめんなさいね」と、甘いものが苦手などという人が、この世にいるのだろうか、という眼をして、クッキーを口に運んだ。ゆっくり食べ終え、コーヒーを一口飲んだ後に、ようやく本題に入ってきた。

「絶好調過ぎるのには、訳がありそうなの。いつか民自党を揺るがす問題になるかも知れないわ」

総理が頬を撫でながらいう。一転して苦渋に満ちた表情になっていた。

「公職選挙法に触れるような行為の報告も上がっていませんが」

洋子たちは、危なっかしいことをしでかしそうな政治家の動きにも眼を光らせている。各都道府県警の捜査二課の選挙違反摘発専門の捜査員の動きを見張ることで、その実態が見えてくるのだ。

これは当選しても、間違いなく摘発され失脚するだろうという人物は事前にリストアップしておく。

政権が痛手を被らないように、対策を練っておくためだ。

また国会議員の閣僚候補に関しては、俗にいう『身体検査』も真木機関が行っている。閣僚や副大臣に登用した後にスキャンダルが発覚しないためだ。

ただし、現在行われているのは地方選挙なので、多少のトラブルがあっても、政権を揺るがすほどの大事にはならないはずだ。

「今のうちに、悪い芽を摘んでおきたいの。地方選とはいえ、地元では国会議員が関わっているわけだから」

総理がまっすぐ洋子の目を見据えてきた。執務室の空気がピンと張った。

「悪い芽？」

洋子は尋ねた。

「広告代理店が選挙を請け負っているケースが多くなりすぎています。あくまでも選挙参謀として入っており、もちろん違法ではないのですが、かなりズブズブすぎるな、と。選挙に勝つのはいいのですが、将来、民自党が乗っ取られる可能性もあります」

「民自党が乗っ取られるですって？」

洋子は顔を顰《しか》めた。

「政治家は選挙に勝つためなら、どんな劇薬も飲む習性があります。ありとあらゆる組織票を取りにいこうとします」

「それ当然でしょう。勝って初めて政治家で、負けたら何者でもありません」

松重がいい、コーヒーを飲んだ。

「その見返りとして、各種団体の利益代表として動かねばなりませんね。次にも応援してもらいたいので、彼らのために役所にもごり押しする」

それが民自党の政治家というものだ。

「推してくれた業界の利益のために、議会や行政に働きかけるのは当然かと？」

「でも、それが他国の利益を代表しているとしたら」

総理がきっぱりといった。

「えっ」

松重が声を上げた。

「外国人からの政治献金は禁じられているはずですが」

洋子はいってから、当たり前すぎることを総理に確認した、と顔を赤らめた。そんなことも知らない総理ではない。

「いくつもの隠れ蓑《みの》を使って政治家に接触し、いつの間にかズブズブの関係になっていたとしたら、まずいでしょう」

総理が腕を組みソファに背をもたせた。

「それが広告代理店ですか？」

「そう。業界五番手の代理店が、他国の工作機関との間に入っているとの情報を得ました。サイロでも公安《ハム》でもありません。米国大使館からのリークよ。つまりＣＩＡね」

総理は穏やかな口調でいった。

それはトップの『雷通《らいつう》』でも二番手の『博学社《はくがくしゃ》』でもないということだ。

――とすると。

洋子はすぐにスマホを引いた。大手広告代理店の扱い高の順位をチェックする。

三番手はアックス広告社で、四番手はネット広告で急成長した新興代理店、スーパーエージェントだ。

五番手。

「『北急《ほっきゅう》エージェンシー』ですか?」

「そう。巨大企業群の利権に食い込む先兵になりはじめているようよ」

北急エージェンシーは広告代理店としては雷通や博学社に大きく水をあけられ、新興のスーパーエージェントにも追い抜かれてしまったが、北急グループという巨大企業群のひとつだ。電鉄、建設、百貨店など、戦前の財閥系にも匹敵するほどの多数の企業が連なっている。

「信じられませんが」

洋子はそう答えた。

多くの公共事業にも参加している大企業が、政権与党に弓をひくような真似《まね》をするだろうか。

「北急全体がそうだということではありません。CIAからのレポートでは、京都支社の幹部がある団体に食い込まれたのが始まりで、そこから、地方議員に手を伸ばしてきたということです。この団体がまずいとCIAは指摘しているのです」

「それは反社〈マルB〉ですかね？　名のある企業の社員をたぶらかすのは、反社の得意技です」

松重が推測した。

「いいえ。お寺さんだそうです」

総理が肩を竦めた。

「寺？」

釈然としない。洋子は首を傾《かし》げた。

「北急エージェンシーの京都支社の幹部を通し、花澤真宗という怪しげな宗派から、政治家へ資金提供をしているとのことです。資金だけではなく、選挙活動に必要なボランティアも多数送り出しているようです。それも北急エージェンシーを隠れ蓑にした上でです。このところ宗教団体の政治家への接触が社会問題になっているので、直接政治家には手を出さず、名のある広告代理店を挟んだのではないかという疑いなのです」

「なるほど。おそらくその北急エージェンシーの幹部は花澤真宗の信徒ですね」

ようやく洋子は事の重大さを飲み込んだ。

花澤真宗は、二十年ほど前に、全国的にその名が広まった宗派だ。

あくどい霊感商法で、仏像や宗教グッズを押し売りして、そのために多額の借金を背負い込んだ信徒やその家族が多数自殺するという社会問題を引き起こし、マスコミで広く報道されたのをかすかに覚えている。

「先祖が起こした淫縁が禍《わざわい》を起こすと不安がらせ、その滅却のために高額なおりんやりん棒などを買わせるというものでしたな」

松重が総理執務室の虚空を見つめながらいった。

「その頃、松っさんはもう刑事だったんでしょう。私はまだ高校生だったので、何んとなくしか覚えていない」

洋子は答えた。

「だが事件が表面化すると、寺院側はすぐに非を認め、一定の賠償金を支払うことで、ほとんどの裁判で被害者と和解した。驚くほど速い鎮静化だったので、記憶にあまり残っていないのも当然です。それに、花澤真宗はもともと在来の禅宗から分派した一派なので、カルト的な思想をもっていないと公安調査庁や京都府警の公安部の監視対象からも外れているわけですよ。またぞろあの寺が出てきたとは、びっくりです。こそこそと動いていたんですな」

――いやな感じだわ。

洋子は任務への嫌悪感を覚えた。

半グレや極道といった暴力集団や全体主義国家の工作機関を闇処理することに、さしたる抵抗感はない。だが、宗教団体が相手となると、話は別である。

宗教とはどこか法の埒外《らちがい》にあるような存在で、正義か悪かがあやふやなのだ。

ゆえに裁きにくい。

だが、スマホをタップしていた松重が、その気持ちを吹っ切らせることをいい出した。

「この宗派は『日本の仏教はもともと百済《くだら》から伝わったもので、そこに回帰すべき』とも主張しています」

花澤真宗のホームページを掲げて見せてくれた。

「そこがポイントなのよ」

総理が顎《あご》を扱《しご》いた。若いのに年寄り臭い仕草だ。それだけ貫禄《かんろく》が付いてきたという証拠でもある。

洋子の中で、これは単なる宗教ではないという確信めいたものが広がった。

「総理、すでにこの件は、警察庁《ほんちょう》の公安局と情報共有はなされているのでしょうか」

勢い込んで聞いた。

「いいえ。ＣＩＡが私に直接リークしてきたのよ。つまり内閣情報調査室《サイロ》にも公安《ハム》にも内通者がいるということよ。迂闊《うかつ》に伝えるわけにいかないでしょう」

総理がお茶目な表情で、プティガトーをまたひとつ取った。咲き誇る薔薇《ばら》のような形をしたやつだった。

「私たちで闇処理を……と」

「あなたたち、一度出家してみるのも悪くはないと思うのよ。禅寺だし」

総理は、ホホホとセレブ風の笑い声を立てて、腕時計を見た。

真木機関の任務開始の鐘が鳴ったようだ。

第三章　鴨川暮色

1

「花澤真宗の総本山は『華岡寺』といって京都の北山《きたやま》にあります。宗主は三代目花澤満永。本名は田中正光《たなかまさみつ》といいます。北急エージェンシーの加橋正則という執行役員とよく祇園の茶屋やクラブに出没しているようです。加橋は信徒です」

御池《おいけ》にある名門ホテルのティールーム。通りを挟んだ横は間もなく築百年を迎える京都市役所だ。

大阪府警から急遽《きゅうきょ》駆けつけてきた『真木機関』の近畿エリア担当、朝野波留が概要を説明してくれた。

「花澤真宗と北急エージェンシーが手を組んで、民自党の地方議員を応援しているようだけど、その辺についてわかる？」

波留は大阪府警刑事部捜査二課で地面師詐欺や公職選挙法違反の容疑者を追う任務に付いている。七年前までは浪花八分署の交通係だったが、洋子が警察庁を通じて府警本部へと強引に転属させたのだ。

駐車違反の取り締まりが民間に委託されて以来、それまでミニパトを駆使し違反摘発に努めていた交通係の女性警察官の多くが地域係へと異動となっていた。主に交番勤務《ハコヅメ》である。

交番に女性警官が増えたことにより、女性やお年寄りが道案内や相談事に交番を訪ねやすくなり、警察のイメージアップに繋《つな》がっている。

また男性警官以上に柔剣道に励んでいる女性警官は多く、たとえば職質をかけた不審者が女性だと舐《な》めて襲いかかってきたとしても、あっさり背負い投げで倒してしまうので、地域の治安維持にも大いに役立っている。

波留も地域係に異動させられるのは時間の問題だった。

洋子としては、どうせ異動させるならば、波留をより真木機関として活用できる府警本部に異動させたかった。

密《ひそ》かに波留に府警への転属を打診すると、本人の希望は『捜査四課』ということだった。大阪府警における捜査四課は、警視庁の組織犯罪対策部と同様である。警視庁においても、かつては捜査四課と称していた。

マルボウである。

まさに波留らしい希望ではあったが却下した。真木機関の者は、目立たないことが肝要だからだ。

そういうわけで、知能犯を担当する二課に転属してもらった。詐欺犯は大がかりな組織犯罪であることが多く、選挙違反は政治家と直結する。真木機関の一員として、日常的に情報収集をしてもらうには最適な部門であった。

「はい、京都という土地柄、寺や宗門の議会に対する影響力は強いです。議員にとっても、集会を開くにもお寺さんの客殿は便利ですし、寺の祭礼に顔を出すのは名を売る格好のチャンスになりますから、議員たちも必死です。大阪にも似たような現象がありますが、京都ほどではないです。まぁ、これだけ抹香《まっこう》臭い街ですから、京都の寺は別格でしょうね。政治にはっきり首を突っ込んでいるようです。重要な文化遺産でもあるため、周囲の景観を含めて、いくつもの条例で縛る必要があります。市や府にとっても、重要な観光資源であるため、寺側の要望にも耳を傾けないといけないわけです。もっともこれは一般論ですが」

波留は、まずはそういって、紅茶を飲みひと息つくと、

「標準語、ちょっと疲れます」

と笑った。

「大阪弁でいいのよ」

洋子はショートケーキにフォークを入れながら笑い返した。ホテルのティールームに漂うコーヒーの香りというのが、洋子は好きだ。

「ですが花澤真宗となるとちょっと違ってくると思います」

波留のイントネーションが大阪風の抑揚の強いものになった。

「やっぱり過去の霊感商法が影響しているのね」

「はい。そもそも在来仏教からの分派という形をとっていますが、あくまで単独宗です。京都仏教界との連携はまったくない異端の存在です。ですが、過去に霊感商法で問題を起こした話は、関西でも忘れられ始めています。私も知りまでんした。現在の認識としては『京風商売のお寺さん』という感じです。実態はよくわかりませんが、北山にあるお寺はそこそこ観光スポットになっています」

「京風商売？」

「そもそも京都が発祥でもないし、京都にルーツがある人でもない経営者が京都を

うたい文句にして商売しはることです。そういうお店は殊更『京の味』とか『京風銘菓』と名乗りたがるんです。他の地方から移住してきた人がいきなり『茶屋町千年紅茶』とか『宗家烏丸《からすま》バーガー』なんて訳のわからない商売を始めるので、京都人は頭を痛めているようです」

「東京からきた私でも、地元名物だと信じそうだから、海外からの観光客なんかは、完全に騙《だま》されるわよね」

「そうなんです。そんなはったりだらけの店ほど行列が出来たりします。粋好みの京都人なら行列が出来たら、もう行きたがらないというのが、ほんとのところです」

「それって、だいたい大阪商人がやってるんじゃないの？」

洋子は波留をからかった。

「まぁ、相当おると思います」

そうあっさり認められては、むしろ立つ瀬がない。

「花澤真宗も、その京都風はったり宗教だと？」

「はい、北山にある総本山『華岡寺』も、調べたところ昭和三十年（一九五五年）の建築ですから、歴史的価値もありません。京都は歴史の街ですから、歴史のないものは無価値といえます。ですが、寺は千年前からあった寺よりも京都風に見せています。東寺《とうじ》の五重塔よりも派手な朱塗りの五重塔とか、小堀遠州《こぼりえんしゅう》風の方丈《ほうじょう》庭園とか、昭和の大工さんや庭師が、いわばミニ平安京のテーマパークを作ったような感じなわけです。本家がむくれるのも無理ないですね。でも人気があって、十年ぐらい前から若い信徒さんが増えています。だから政治家も接近するし、かなり取り込まれている感じです」

「霊感商品はもうやっていないの？」

そこが肝心なところだ。資金づくりがあるはずだ。

「わかりません。すくなくとも表面化してはいません。やっているとすれば、どこかに裏があるはずです」

波留が摑《つか》んでいる情報はそこまでらしい。まだ表面情報だ。

「潜らないことには、実態が摑めないわね。何か潜り込む方法はないかしら」

洋子は首を回して、考え込んだ。

「これはどうでしょう？」

波留がトートバッグからチラシを取り出して見せてくれた。

『京都・華岡寺。三泊四日、修行の旅。僧侶、尼僧の生活。自分と出会える四日間。

本堂で作務衣を着て座禅を組む男女の姿をバックにそんな文面が躍っている。外国人が多く写っている。

主催・北急観光』

旅行会社が、北急グループの一員というのも気になった。

「なかなか商売上手ね。私、これに参加してみるわ」

洋子は勢い込んだ。

「いやいや首席、よく読んでください。一日目の欄に『剃髪《ていはつ》の儀式』とあります。これは私とか、東京だと上原亜矢《うえはらあや》先輩とか新垣唯子《あらがきゆいこ》の役目だと思いますけど」

波留が呆《あき》れた顔でいう。どうやら自分が潜る気でこのチラシを持ってきたようだ。

「いえ、これは私と松っさんでやります。満永に直接近づくチャンスだから」

洋子はきっぱりといい、チラシを手元に引いた。

「まじで、首席がつるつる頭になるんですか？」

それにも洋子は大きく頷《うなず》いた。

総理から、一度出家してみろといわれている。もちろん冗談なのは承知しているが、ここは一度、頭を丸めた姿を見せたい。

波留は唖然《あぜん》としていた。

「話を元に戻すけど、満永という宗主と北急エージェンシーとの関係については何かわかる？」

「はい、それに関しては所轄の刑事をロビーに待たせています。私の高校の後輩で祇園南署の生活安全《せいあん》にいる女性警官です。保秘が可能な人物であることは、私が保証します。ここに呼んでいいですか」

「私のことはどう説明してあるの？」

「警察庁のキャリアとかしかいっていません。もちろん名前も伝えていませんから、適当な名前つけてください。コードネームだといいます」

　そういわれて、洋子は考えた。

「徳川康子《とくがわやすこ》でいくわ。それとも豊臣秀子《とよとみひでこ》のほうがいいかしら？」

「どっちでもいいです。所詮ここだけのコードネームなんですから」

　波留がスマホを取り、メールを打ち始めた。波留は大阪人のわりに、愛嬌《あいきょう》がない。大阪人なら、ここは『いや、三条実子《さんじょうさねこ》でっしゃろ』と京都がらみの名を挙げてくるところだろう。

　どうでもいいことではあるが。

　数分後に黒のパンツスーツの女性が現れた。

「井沢淳子です。祇園南署生活安全係で人身安全を担当しています。階級は巡査です」

　背が高く、筋肉質の女性だった。

「警察庁の徳川康子と覚えてください。訳あって本名も所属も申しません。私と会ったことは保秘願います。座ってください」

　あえて冷淡にいう。淳子は波留の横に腰かけ、背筋を伸ばして、まっすぐに洋子を見てきた。清々《すがすが》しい眼をしている。

「朝野刑事から事情は聞いております。保秘は守ります」

　淳子はいい終えると、さらに背筋を伸ばした。芯の強そうな女だった。ウェイターを呼び飲み物を注文させた。淳子はブレンドコーヒーを頼んだ。

「花澤満永と北急エージェンシーについて何かわかりませんか？」

　単刀直入に聞く。余談をするほど、こちらの事情を悟られるものだ。ここは聞きたいことだけを質問する。

「所轄の立場でわかることといえば、花澤満永というお坊さんは祇園によく出入りしているということぐらいです。上がる茶屋《ハコ》は『岩野』がほとんどで、置屋は『桃園』のようです。私は、先月まで祇園の交番にいたので舞妓《まいこ》さんや芸妓《げいこ》さんに顔なじみが多いんです。それで、よく『岩野』に出るという地方《じかた》の芸妓さんからうまく聞き出してきました。もう喜寿を超えているというのに矍鑠《かくしゃく》とした芸妓さんです。なんどか北急エージェンシーの方が来たのを見たことあると。ですが祇園の方たちは、みんな口が堅く、お座敷の様子までは教えてくれません」

淳子も淡々と答えくれる。

生きた情報だった。

「茶屋が『岩野』で置屋が『桃園』ですね。それだけでも大きいわ。ちなみにそれをおしえてくれた芸妓さんは、どこの方？」

「『多仲《たなか》』という置屋さんに所属している今朝子姐《けさこねえ》さんといいます」

「ありがとう。助かったわ」

ここから先は真木機関のスタッフで裏を取っていく。

不意に波留が淳子に顔を向けた。

「ねぇ淳子。『桃園』って、先週うちらが四条通で出くわした男衆さんがいる置屋さんじゃない？」

「あっ、あのときの！」

淳子も膝を打ち、先週の夜にあった出来事を話してくれた。

座敷で万引きを働いた舞妓を佐助という男衆が追っていたという。ちょうどそこに京都府警の警視正が公用車で通りがかり間に入った。警視正と男衆は顔なじみだったという。

非番だったふたりは身分を明かさず、その場で舞妓を警視正に引き渡し、祇園の鰻屋へ向かった。

そういう話だった。

警視正の名は松平。警視正クラスがわざわざ、内輪の窃盗犯を連行するのは不自然である。

キャリアの仕事とは現場の犯人逮捕などではなく、警察機構そのものをより強靱《きょうじん》にするための法案作りである。所属は警察庁であって、各都道府県警に出向している場合も、監督任務がほとんどで、逮捕や取り調べを直接することはまずない。

この場合、いかに知人の男衆がいたとしても、通りがかりに公用車を止めて仲裁に入るなど、不自然すぎる。

洋子は京都府警にも内偵を入れねばなるまいと、肚《はら》を括《くく》った。

波留にはこの先しばらく淳子と連携を取ってもらうため、大阪府警には休暇届を出してもらい、京都に残ってもらうことにする。

真木機関の拠点として鴨川べりの空きビルを借りた。

2

二週間後。

鴨川沿いの三階建ての古いビル。

かつては一階が土産物屋で二階がカフェだったビルだ。二階のカフェは川床《かわゆか》が付いていた。ここで飲むコーヒーは旨《うま》そうである。川の向こう側に祇園が見える。

三階は倉庫だったそうだ。

新型コロナウイルスが蔓延《まんえん》し始めた三年前に店は傾き、ビルが売りに出され、たまたま総理の支援者が買い取っていた。

洋子はこれを借り受け、隠れ家とした。

一階の駐車場。小型車一台とスクーターを三台止めてある。

川床に面した二階はオフィスで、三階は元の持ち主同様、倉庫とする。

その隠れ家に東京の真木機関から洋子と松重の他に二名のメンバーが呼びこまれた。

松重と同じく新宿七分署時代に洋子が創設した風俗犯罪対策部門の創設メンバーから元警視庁公安部外事二課刑事、岡崎雄三《おかざきゆうぞう》と元新宿七分署地域課の相川将太《あいかわしょうた》だ。

「久しぶりの関西遠征になりましたね」

ブラウンとベージュの細かなチェック柄のバルマカンコートを脱ぎながら岡崎がいった。

「以前の大阪遠征では、浪花八分署に間借りしたけど、今回はそういうわけにいかなくてね」

洋子はイタリア製コーヒーマシンに、堺町錦《さかいまちにしき》のコーヒー専門店で購入してきブレンド豆を詰め込みながら答える。なんでも春をイメージしたブレンドだそうだ。

洋子の関西での楽しみのひとつにコーヒー専門店や喫茶店巡りがある。

大阪や京都には東京よりも喫茶店文化が根付いている。

伝統があり立派な喫茶店を訪ね歩くのは実に楽しいものだ。

「あの頃は組織売春や風俗犯罪だけを追っていましたが、いまは警察内部にも知られないように動かなくてはならない部門になってしまいましたからね」

自分のデスクにノートパソコンを三台セットし終えた相川将太が、確認するように洋子のほうを向いた。

「そういうことなの。相川君は、松っさんの下についてください。主に繋ぎ役を頼みます」

その松重は川床に置いたデッキチェアに座り、葉巻の煙をくゆらせていた。不思議なもので、古都にキューバ産だという葉巻の香りが、実にマッチしている。

川床は黄昏《たそがれ》に包まれはじめていた。

「了解です。必要な小道具を小栗から預かってきています。それぞれ身に付けてください」

相川がジュラルミンケースを開け、テープの入ったビニール袋を何袋も取り出した。

テープを入れたビニール袋に、真木洋子、松重豊幸、岡崎雄三、朝野波留、相川将太、とそれぞれの名前が張られている。他に予備と書かれたものが十袋ある。

「小栗君がまたまた新しい通信機器を開発したのね」

洋子は自分の名の付いたビニール袋を受け取り、中身を取り出した。

透明なテープと黒色テープだ。

透明なテープは大小あった。ひとつは一センチ幅。もうひとつは五センチ幅だ。

一センチ幅のものを耳朶に貼り付け、五センチ幅のテープを右腕に巻き付けた。

耳に付けたのが骨伝導イヤホンで、腕に巻き付けたのがテープ式マイクだ。

ここまで極薄化したものはＣＩＡでしか開発されていない。

「波留ちゃん、どお？」

同じように耳と腕にテープを張った波留に聞いた。

「はい、皮膚と同化して、装着しているのがまったくわかりません。透明なのに、まったく光りませんね」

「そうね。波留ちゃんのもわからないわ。相川君、これ、オン・オフはどうするの？」

「はい、テープの表面をどこでもいいので、五秒間指で温めるとオン・オフになります。名前が書いてあるのは、小栗君曰《いわ》く、各自の指紋にしか反応しないということです。テープは使い捨てで、一ロール五十メートルあるそうですから、この任務の期間は持つのではないかと」

自身も張り終えた相川が、松重の方へと進みながら答えてくれた。洋子は耳朶を摘まんだ。五秒ほど揉《も》む。この仕草だと他人には、イヤホンのオンだとは悟られまい。

「水とか高温にも耐えられるのかしら」

波留が疑問を呈した。

「三十分程度なら濡《ぬ》れてもＯＫとのことです。高温もテープが溶解しない限り、音は拾うと」

松重にもテープを渡した相川がいった。

小栗はたいしたものを作ってくれたものだ。ありがたい。

「波留ちゃん、なんか喋《しゃべ》って」

「はい」

波留が脈をとるような感じで、腕のテープを押した。洋子の耳朶が軽く震えた。

波留が腕を口の前に持って行った。

「えー、たこ焼きはどうですかぁ。ソースたっぷりかかってますよお」

ばりばり耳に響いてくる。

「ワンパックもらおう」

岡崎の低音が紛れ込んできた。

「はい、わかりました。相川君、これ通信距離はどのぐらいまでか、聞いている？」

洋子も腕を口元に持っていった。

「市街部で一キロ、障害物がない平原や海上では三キロだそうです」

相川もテープ式マイクを使って応答してきた。

「前はシークレットウォッチでしたけど、通信手段がここまで進化したんですね」

目の前にいる波留の声だ。

おおむね理解したので、洋子は耳と腕のテープを再度押した。

音が切れる。

「この黒いテープの方は？」

岡崎が相川に聞いた。

「それには火薬が塗《まぶ》してあるそうです。爆破したいところに貼り付けて、火を付けるか思い切り叩《たた》くと、畳一枚サイズの鉄の壁でも吹っ飛ばせるそうですよ」

「ペーパー爆弾かよ。小栗の奴《やつ》、プラスチック爆弾をより進化させやがったな」

岡崎はそのテープをしげしげ眺めながらいった。

小栗は官邸に残ったまま、いまも、さらなる武器の開発にいそしんでいるはずだ。

洋子はメンバーにあらためてミッションを伝えることにした。

「岡崎君は、京都府警の松平という人物に探りを入れてください。身分は内閣府賞《しょう》勲局《くんきょく》参事官のままでいいです」

岡崎は元々は警視庁公安部外事二課で中国担当の刑事だったが、真木機関に配属になってからは、隠れ蓑《みの》として内閣府の賞勲局に所属させている。

勲章や褒章《ほうしょう》の推薦をまとめる部局で、各界から寄せられる推薦要望を吟味する担当だ。

「あちこちに勲章をちらつかせますか」

岡崎が目を丸くした。

「その通りです。名誉欲のある人なら、必ず接近してくるでしょうね」

洋子としては考え抜いた一策だった。

祇園の座敷にあがるには誰かの紹介がいる。京都府警の松平という人物が祇園との接点があるとすれば一石二鳥だ。

北急エージェンシールートを探れることになる。

「うまくやりますよ」

岡崎がにやりと笑った。

「波留は、あの井沢淳子という後輩をつかって祇園関係の情報収集をしてちょうだい。花澤真宗、北急エージェンシー、市議、府議との繋がりの糸口はきっと祇園にあるはず」

置屋や茶屋の女将《おかみ》や男衆も割り出したい。

「承知しました」

波留が頷き、スマホで淳子にメールを打ち始めている。

「私と松っさんは、正面から花澤真宗に乗り込みます」

と『華岡寺・修行の旅』のチラシを振ってみせた。

松重も立ち上がり、こちらに向かって歩いてきた。白髪が混じった角刈り頭を撫《な》でている。

この男が剃髪したら僧侶ではなくむしろヤクザだろう。

3

陽《ひ》が落ちた花街は、昼の何十倍もキラキラと輝いていた。

波留と淳子は、花見小路の茶屋『岩野』の前を何度も行き来しては、出入りしている客たちの顔をスマホで撮影することに成功していた。

さらには茶屋の前に止まった車のナンバーを撮影した。タクシーや公用車など様々だが、身元割り出しや、どこに帰ったかを探る手掛かりになる。

撮った写真は、河原町のオフィスにいる相川に送信した。この中に北急エージェンシーの社員がいると、次はそこをマークできる。

『桃園』の女将、下平雪路については、置屋連絡会の名簿に顔写真付きで掲載されていたので、すぐに素性は知れた。

雪路は、『桃園』で舞妓から芸妓に進んでいたが、三十三歳のときに先代女将が逝去した後、この家を継いでいる。置屋の株を譲り受けるには、たいそうな金額が必要だったに違いないが、そのとき、旦那でもないのに資金援助したのが花澤満永だったという噂《うわさ》だ。

「あれは木藤佐助という男衆やないか？」

午後八時三十分。

波留は淳子の脇腹を肘で突《つっ》いた。『岩野』を見張っていたところだ。

「はい間違いないです。うちもはっきり覚えています」

男を見て淳子も同意した。

佐助は紺色の着物と羽織に白足袋姿で、舞妓ふたりを先導していた。

波留は素早くスマホを掲げて佐助の顔を撮影し、ただちに相川に送信する。

工作員全員で佐助の顔を共有しておくべきだ。

「尾行しよや」

「はい」

波留は充分距離を保ちながら、花見小路を行く佐助たちを追った。

「『桃園』へ帰る道とは逆ですね」

淳子が歩きながら首を傾《かし》げた。

「そうね」

佐助たちはさんざめく四条通を渡ると、祇園の北側の繁華街に入った。

いったい佐助は舞妓たちをどこへ連れていくつもりなのだろう?

波留たちも小走りに四条通を渡った。ちょうどあぶら取り紙で有名な店の前に出た。そのまま北側に入る。

こちらも祇園の花街には違いないのだが、南側に比べるとクラブやスナックのネオンが並ぶビルが多い。

いずれのビルもかなり老朽化している。さまざまな建築制限がある古都では、簡単にビルの建て直しなど出来ないからだろう。

この界隈《かいわい》は、茶屋に上がる客とは別の普通に夜の街を楽しむ客が多い。

しかも女性客がかなり多い印象だ。それも単独でビルの袖看板に並ぶ店名を確認している女性が多い。

「ホストクラブがずいぶん増えたようやね」

波留は、人ごみの中の佐助を見逃さないように、前方を向いたまま淳子に囁《ささや》いた。

「はい、この祇園北側はもともとキャバクラやスナックの多いエリアでしたが、最近ではキャバクラがホスクラに衣替えするところも増えているようです。男性客に比べ、女性客数そのものは少ないのですが、なにせキャバクラの十倍以上の料金が普通なので、そっちの方が常連客が増えると手堅いようです」

「やっぱりキャバ嬢さんや風俗嬢さんも、店がハネたあとに、自分たちを接待して欲しいんやろな」

波留はいった。

佐助が左に曲がったので、歩く速度を上げた。

再開発などとは無縁な祇園は、東京や大阪の歓楽街に比べると範囲は狭い。佐助たちが曲がった方向は、もうじき普通の商店街や民家になるはずだ。

「いや、いまや普通のOLさんや女子大生が主な客のようです。ああやって看板を見ながら歩いている単独女性は、初回料金が五千円程度の店を探しているんです」

「初回なら五千円なんだ」

「私が交番に駆け込んできた女性客から聞いている限り、そのぐらいのようです。一時間で、十人ぐらいのホストが目のまえにやって来る、いわゆる生のカタログを見せられているようなものらしいですけど」

　時折、ホストが飲食店ビルの前で客を見送っていた。アイドルのような顔と髪型ばかりだ。地味目の女性が、別れがたいのか何度もハグを繰り返している。

「けれども、通常料金がバカ高いんやろ」

「はい、男性客が通うキャバクラの十倍が相場のようですねん。一回に二十万から三十万使うのが普通で、世にいうシャンパンタワーなる物をやるにはトータル二百万円ぐらいになるそうだす」

　淳子が、ハグしながら客ではなく通りを行き交う他の女たちにウインクしているホストを一瞥《いちべつ》していう。

「でも、そんな料金、普通のOLさんや女子大生に払えるわけないでしょうに」

「だから、ホストに嵌《は》まった女性客は、夜職《よるしょく》や風俗との掛け持ちになって、最後は夜専門になるわけです。男社会では昔からあったことという評論家さんもいますが茶屋や高級クラブで百万単位でお金を落とす人たちというのは、だいたい大企業の経費族か資産生活者ですよ。ホスクラで大金を使いパパ活や風俗に走る女性たちと同次元でとらえるのは違うと思います」

「そやなぁ。いわゆる色恋営業で一般女性から大金を巻き上げるのは、ある意味合法的な幻惑商法やね。恋愛は麻薬みたいなものだから」

波留も同感だった。

ホストクラブというビジネス形態には、どこか従来の飲食業、接待業とは異なる、剝ぎ取り体質があるように思えてならない。

「自分に貢ぎ過ぎて借金地獄に陥り、ホスクラの入るビルから自殺した女性客がいることを武勇伝のように語るホストもおるようです。全部が全部そうだとはいいませんが、わざと借金を負わせて、風俗に売り飛ばすためのゲートウェイになっているホスクラもあるといいますから」

淳子の表情が険しくなった。

交番勤務時代に、ホストに狂った女性たちの末路をさんざん見てきたからだろう。

佐助と舞妓は、どんどん三条の方へと進んでいく。徐々に人気《ひとけ》がなくなったので、間合いを詰めすぎず、なおかつ見失わない距離を保った。

白川《しらかわ》を超え古門前《ふるもんぜん》通あたりまでくると、湯の香りがしてきた。その香りを追うと古びたビルの一階に『花の極楽湯』の看板が見えた。

「あらま、銭湯におはいりどすか」

佐助と舞妓がそれぞれ、男湯、女湯の暖簾《のれん》に分かれて入っていく姿を眺め、淳子が気が抜けたような声を上げた。

「これはいいチャンスや。うちらも入ろう。佐助のいないところで舞妓に接することが出来るやん」

波留は淳子の手を引き、赤い女湯の暖簾を潜《くぐ》った。

4

広々とした脱衣所だった。

「淳ちゃんの裸、見るの久しぶりやな……ダンス部のレッスン終わり以来や」

波留は、ロッカーの前で、最後にショーツを脱ごうとしている淳子の裸体を、しげしげと眺めた。

二歳しか違わないのに肌の潤いや張りが、自分よりはるかに若々しく思えた。

波留の方はすでに真っ裸になり、右手の腕で乳房を、左手に下げた手ぬぐいで股間を隠していた。

「あの先輩、そんなスケベなおっさんみたいな目で、見ないでください。パンツ、脱ぎにくいです」

そういいながらも、淳子はベージュのショーツを引きおろし、右足首から抜いた。

「おっさんは、ひどいやろ。エッチなおばさんにしといてんか。でも淳ちゃん、高校時代に比べて腰に丸みがついて、なんやら女らしくなったなぁ」

先に入った舞妓たちは、どうしているかと目をやると、奥の方で丸椅子に腰かけ、ひとりが座り、もうひとりが背後に立ち、髷《まげ》を解いてやっていた。

着物は脱いで、傍らに畳んである。

目の前のロッカーは開けたままで、風呂敷やら私服が入っていた。ここを出るときは私服になるということだ。

とそのとき、新たに客がひとり入ってきた。洋服姿だが、身から放たれる艶《つや》と華やかさは、一般人のものではなかった。

舞妓のふたりはそれを見て、すぐに脱衣所の床に正座した。

「梨絵姐さん、お疲れどした。お先に着替えさせてもろてます」

声を揃《そろ》えていっている。どうやら梨絵は先輩芸妓のようだが、こんなところでもきちんと正座してお辞儀をするのだと驚かされた。

「あんたらも、ご苦労さんどした。うちに気をつかわんでいいから、ゆっくりなさい。うちは、マンションの狭いバスルームより、ここが懐かしいから、たまに寄るだけやさかいに」

と梨絵は、服を脱いでいく。

色白で均整の取れた体つきだった。

波留と淳子は浴場へと進んだ。

正面の銭湯絵は京都らしく竹林だった。壁はモザイクタイルで市松模様だ。薬草湯やジェットバスもある。

波留と淳子は共に大阪と京都で独身寮に住んでいるので、大浴場は慣れたものだ。掛け湯をして大きな浴槽に並んで浸《つ》かった。

「波留先輩、いまなお巨乳ですね」

「うるさいな。警察官としては邪魔なんよ。あんたぐらいがちょうどいいね」

淳子のバストはどちらかといえば小ぶりだった。とはいえ貧乳ではない。形のよいおわん型だ。

「いちおう自分でも気にいってます。そんなあからさまに見ないでください」

洗い場には、五人ぐらいの女性がいた。いずれも常連のようで世間話に花を咲かせている。

波留たちは、たっぷり身体《からだ》を温めて、洗い場に出た。

番台で購入した入浴セットを使う。

セットには石鹼《せっけん》、スポンジ、シャンプー、リンスが入っていた。観光客がぶらりと入ってくるケースも多いのだろう。番台に入浴セットが山のように積まれていた。手拭いには舞妓のイラストがプリントされていた。

ようやく舞妓ふたりが入ってきた。シャワーキャップを被《かぶ》っており、まずは顔を洗って化粧を落としていた。

舞妓も白塗りを落としてすっぴんになると、普通の女子大生のようだった。

ふたりはそのまま波留たちのすぐ脇にある薬草湯に入った。漢方の匂いのする茶色の湯だった。

「七海《ななみ》ちゃん、今日は早く上がれたし、髪も下ろしたし、木屋町《きやまち》でコーヒーでも飲んでいこか」

「そやね。佐助さんも門限までに戻ったらええ、ゆうてくれたし一時間ぐらいは余裕あるし、うちはプリンアラモードとか食べたいわ。日曜日は、佐助さんが、映画に連れて行ってくれるゆうてた。佳代《かよ》ちゃんは何みたい？」

七海が佳代に聞いている。小さな声だが波留の耳にも微《かす》かに聞こえてくる。

「うちは時代劇がええわ。必殺物とか見たいんよ」

「ええな。それにしよ。帰りに洋食でもご馳走《ちそう》してもらお」

ふたりとも二十歳ぐらいに見えるが、会話はまるで一昔前の高校生だ。

「せやけど、夢吉ちゃんが急にやめはったなんて信じられへんわ」

佳代がぽつりといった。

「満永はんのお座敷で、なんぞやらかしたらしいわ」

七海が答えた。

満永？

波留は一瞬、陰毛の上で手を止め、聞き耳を立てた。

陰毛の上で石鹸の泡を立てて、それを乳房や脇の下に運んでいるところだった。

陰毛というものが、何かに役立つのはこのときぐらいだと思う。

「地方に進むのに一生懸命お稽古してたのになぁ」

佳代が呟《つぶや》きながら七海の下乳を支えるように触っている。

「佳代ちゃん、あかんて。うち盛り上がってしまうわ」

七海が身を捩《よじ》ったようで湯が跳ねる音がした。

波留は急いでシャワーを使い石鹸を洗い流した。

彼女らには見えないように腕に巻いていたテープ式マイクを剥がし、薬草湯と隣接する大型浴槽に向かった。

薬草湯と普通湯を仕切るタイルの壁の上縁《うわべり》にさりげなくテープを貼り、舞妓たちに怪しまれないように、波留は逆側の端に向かった。

浴槽に他の客はいなかった。

舞妓たちの先輩芸妓、梨絵は脱衣所でしばらくスマホを耳に当てて誰かと話をしていたが、ようやく浴場へ入ってきた。

色白で量感のあるバストとウエストの括《くび》れ具合が見事な非の打ちどころのないプロポーションをしていた。

日頃、筋肉質な女性警官の裸ばかりを見ている波留は、うっとりとさせられた。

中央の鏡の前に進み、肉付きのよい尻を風呂椅子に乗せている。ちなみに陰毛はきれいさっぱり処理されている。

淳子のほうは、まだ洗い場で身体中を泡だらけにしていた。肩や脇の下を、スポンジで擦《こす》っている。

『七海ちゃん、弄《いじ》りっこや』

耳朶からふたりの会話が聞こえてきた。洗い場の淳子を見やると、身体中を泡だらけにして、腕をスポンジで磨いていた。

『あん。佳代ちゃん、おまんちょ、いっぱい弄ってくれはるの？』

七海が上擦った声をあげている。

『弄って欲しないんか？』

『それは、やって欲しいわ』

『七海ちゃんも、お指で、あちこち触ってくれるか』

『もちろんや』

じゃぶじゃぶと湯が跳ねる音がする。

盗聴に切り替えたとたん、舞妓同士が乳繰り合いを始めてしまった。茶色で中が見えない薬草湯であるのをいいことに、女同士で平べったい秘所を弄《まさぐ》り合っているようだ。

『あん、ビラビラ開いたら、奥まであったかくて、気持ちええわ』

『七海ちゃん、マメはもっとソフトにしておくれやす。ぁあん、これ極楽どすなぁ』

性癖は個人の自由だが、なにも銭湯でやることもないだろうと、波留は若干イラついた。

もっと満永の話とか、聞きたかったのだが、これでは話しかけるのも、躊躇《ためら》われた。

戯《たわむ》れ中の舞妓たちに声を掛けても不興を買うだけだろう。

しばらく待つしかない。波留は舞妓たちの方を見ないように心がけた。何気に下をむくと、こちらの湯は透明なので、湯に揺らめく陰毛が見えた。海藻のようにゆらゆら揺れている。

『佳代ちゃん、鼻息あろうなってきた。もうじきか？　声は押さえんとあかんよ』

『んんんんっ、はぅ』

湯煙の中で、佳代が背後の壁に頭をつけて、顎《あご》を突き上げるのが、微かにみえた。

『ちょっとはええどすやろ。お家《うち》では、絶対に声を出せへんのやから』

銭湯で弄り合っているのはそういう事情かららしい。

『せやな。せっかくの銭湯さんやしな。空《す》いてはるし、ちょっとぐらいなら、わからへんね。佳代ちゃん、どや』

『あっ、ナカ、気持ちええ、ええねん』

佳代の声がひと際甲高くなった。

ばしゃばしゃと湯の波打つ音が、佳代が頂点へと向かっていることを物語っている。

『はぅ』

切羽詰まった声が聞こえた。

波留は思わず、自分も股間に手を伸ばしてしまった。人差し指で桃色のマメをぎゅっと押した。快感が脳まで突き抜ける。

湯の中で左右の踵《かかと》が浮いた。

——なにしているんだろう、私。

と正気を取り戻そうとするが、乳繰り合う声をたっぷり聞かされたせいか、女芽《めめ》やら女孔《めあな》の奥やらが、疼《うず》いてどうしようもない。

どうせ舞妓たちは相互タッチをしている最中なのだから、この際、自分も少しぐらい、指で遊んでもいいのではないか。

邪《よこしま》な気持ちが働き、右手の中指でピンクのマメを扱《しご》き、左手の人差し指を女孔に、ググっと挿し込んだ。日頃のオナニーの三倍かんじてしまった。

えらいこっちゃ。

「はぁ～ん」

気づけば波留もうっとりとなり、目を瞑《つぶ》り顎を突き上げていた。恥ずかしながら、オルガスムスを得ていた。心地よい疲労感を得る。

「先輩、寝ないでくださいっ」

淳子の声に、我に返り目を開けた。

ちょうど淳子が浴槽のコンクリートの上縁面を跨《また》いで、湯に足を入れようとしていた瞬間で、真っ先に目に飛び込んできたのは、股の間の紅色の亀裂だった。綺麗《きれい》な女性器だった。亀裂は自分のものより短く、足を上げたとたんに半開きになった女の鮑《アワビ》の中身も、淡いピンクで若々しかった。

「うわっ。アソコをもろに見てしもた。淳ちゃん、寮のお風呂と違うさかい、ちゃんと隠してんかぁ」

隠れオナニーをしてしまったのを悟られまいと、波留は淳子の股間を指差して、おおげさに驚いた顔をしてみせた。

「先輩、どこ見てますのん」

頭のてっぺんに畳んだ手ぬぐいを載せた淳子が、手のひらで股を隠しながら入湯してきた。その仕草がいかにも色っぽい。

「そら、真正面で足上げられたら、ばっちり見えるわ」

「恥ずかしいなぁ」

波留と淳子は再び並んで、湯に浸かった。湯中で双方の陰毛がゆらゆら揺れていた。淳子の方が、旺盛に生い茂っていた。乳房は波留のほうが大きかったが、乳首は淳子の方が大きかった。

舞妓たちのように触り合ってみたい欲望に駆られたが、なんとか押さえた。

5

『あんたら、いま何してはった?』

耳朶に貼ったイヤホンから、芸妓の梨絵の声が聞こえてきた。梨絵も薬草湯の方へ入ったのだ。

普通湯の大浴槽と異なり、薬草湯の浴槽は小さく、三人入ると満員という状態だが、梨絵は壁に背をつけている舞妓ふたりに詰め寄る格好で腰を下ろしている。

「同じ置屋の先輩芸妓なんだろうね」

波留は淳子に聞いた。

「そうやと思います。もっとも祇園では、同じ置屋さん同士ではなくても、目上の芸妓にあうと、どちらさんもそれはもうきちんと挨拶をしていますけれど、わざわざ、あの狭い浴槽に割り込んだのですから、直接の先輩でしょう」

薬草湯の三人の会話は、淳子の耳にまで届いていない。波留は素知らぬふりをしたまま、イヤホンから聞こえてくる声に集中した。

再び梨絵の声が聞こえてきた。

『百合《ゆり》遊びしてはったやろ。いかんこっちゃ』

『そんなん、していまへん』

佳代が弁明していたが、明らかに声が上擦っていた。

『うそついたらあかんっ』

梨絵の両腕が茶色の湯の中に潜り込んだ。

『あんっ』

『いやっ』

ふたりが同時に声を震わせ、眉間に皺《しわ》を寄せた。

『そしたら、ふたりとも、なんでこんなん、ぬるぬるになっとんねん。お湯の中でも、ここのぬるぬるはわかるんどすえ。ふたりで指入れしてはったんとちゃいますか。ほら、こんなふうに、出し入れしてはったでしょう』

梨絵の両肩がはげしく揺れている。

『はふっ、梨絵姐さん、堪忍してください』

佳代が泣きそうな声をあげている。

『そんなら、正直に乳繰り合ってたと白状しなはれ。ほら、七海はどうや。ここもくじってもろうてはったんやろ』

梨絵が向かって右側の七海のほうを向いた。右腕が激しく動く。孔ではなく尖《とが》りを攻めたようだ。

波留の脳内に舞妓の真っ赤な尖りを、梨絵の人差し指が擦り立てている像が浮かんだ。

『んんんんんっ、やってましたぁ』

七海がガクガクと顎を震わせた。

『佳代もやっていたんやな？』

梨絵は左の佳代にも詰問した。

『してました……』

『ふたりともあかんな。桃園では百合は厳禁やろ。癖になると男が苦手になってしまうさかいや。雪路お母さんからきつくいわれてるはずや』

梨絵の手がようやく湯の上に浮いてきた。

『姐さん、見なかったことにしてください。うちらお座敷でさんざん助平《すけべい》なお話を聞かされたり、身体をあちこち触られているうちに、ついついもよおしてしまうんです。いつもはひとりでやるんですが、マンネリになってしもうて。それでお銭湯にきたときだけ、弄りっこしてました』

七海が弁明している。

弄りっこという言い方が、とてもいやらしく聞こえ、波留は自分もまたぞろじわっと濡れるのを覚えた。

股から花蜜が溢《あふ》れて浮かんできたらかっこ悪いので、ちょうど乳首が潜っているあたりの湯を掻《か》きまわした。

「あの三人、なにしているんでしょうね」

会話の内容を知らない淳子が聞いてきた。

「姐さん芸妓がなんか説教をしているようね」

適当に答える。テープ式通信機についてはトップシークレットだ。

『ひとり弄りは、だーれも文句いえんけど、確かに飽きるんよね』

梨絵が少し同情するような口調になった。

『そうなんです。自分の指だけでは、意外性がないんどす。違う人に触ってもらわないと……』

佳代が切なげに付け加えた。

日々猥談《わいだん》に晒《さら》される舞妓にとって、切実な悩みなのかも知れない。

『そしたら、うちがええところを紹介してあげるわ。秘密のほぐし処《どころ》や』

梨絵がそう切り出した。

『そんなん、うちらが行ってもよいところですか？』

七海が声をあげる。

『うちと一緒なら、雪路おかあさんも、佐助さんも許可してくれるはずや』

梨絵は声を潜めたが、耳朶のイヤホンにははっきり聞こえた。

『どんなところですか？』

佳代が前のめりになっている。

『平たくいえばマッサージやけど、これがまぁ、ええところを押してくれんのや』

と梨絵が再び両手を湯の中へと潜らせる。

『んんんっ、姐さん』

『うち昇《い》ってまうわ』

七海と佳代が同時に喜悦の声をあげている。

『いまから、連れて行くわ。木屋町やからすぐや』

『怖いところと違いますよね』

肩をもじもじと揺らしながら七海が聞いていた。まだ秘所のどこかをさわられているようだ。

『満永さんところの、お坊さんたちが揉んでくれんのや。なーんもこわいことない。表向きは坊主バーやし、個室には名のある女の人もようけきとるし』

梨絵は意味ありげにいっている。

『梨絵姐さんと一緒なら、うちら悦《よろこ》んでいきます』

七海がいって、佳代と顔を見合わせた。

波留はすぐに淳子の肩を叩いた。

「出るよ。さきに着替えて出待ちや」

「えっ」

呆然《ぼうぜん》とする淳子をしり目に、波留は、やおら浴槽から立ち上がり、薬草湯のほうは一度も見ずに、脱衣所に向かった。

三人の動きを見守りながら、着衣を整える。舞妓と芸妓が脱衣所に出てきたタイミングで外に出た。

極楽湯の暖簾が見える位置にある喫茶店で待機した。この界隈《かいわい》は骨董品《こっとうひん》店が多いせいか、その手の雑誌や単行本が棚に並んでいた。

午後九時半だが、リュックを脇に置いた観光客らしき男女が二組ほど話し込んでいた。外国語だった。夜の京都にも結構、観光客が戻ってきているようだ。

波留と淳子はあえて会話をかわさず、雑誌やスマホを眺めるふりをしながら、極楽湯の前を見張った。

四十分ほどで、舞妓と芸妓が出てきた。

舞妓たちは私服になっていた。七海がブルーのワンピースにレモンイエローのカーディガン。佳代はライトブラウンのざっくりしたセーターに白のワイドパンツだ。

普通の女子大生のようだ。

ふたりとも大きな唐草模様の風呂敷包を持っていた。舞妓衣装が入っているようだ。

芸妓の梨絵がスマホを取り出し、どこかに電話すると川端《かわばた》通の方から小型車がやってきた。

運転していたのは木藤佐助だった。

「とっくに湯から出ていたんやね」

波留は呟いた。

「そうどすな。置屋さんから車を取ってきてどこぞで待機しておったんでしょう。男衆さんは、芸能界でいえばマネージャー兼付き人みたいなもんですから、大変やと思いますわぁ。迎えに来たんどすな」

車で逃げられたら、追跡はここまでになってしまう。波留としては悔しい限りだ。淳子に会計を任せて喫茶店をでた。せめて車のナンバーを撮影し、梨絵の誘った先を確認したかった。そこは満永と繋がっているということらしい。通りに出て、いかにも道を探しているようにスマホを手に取った。

佐助が小型車のハッチドアを開け、風呂敷包を積み込み始めた。

「ほな、梨絵さん、子供らよろしく頼みますわ」

そういい、佐助が梨絵に茶色の封筒を渡した。

――これは送らないようだ。

「おおきに、帰りは坊主の店の方の車で送らせるよって」

封筒を受け取った梨絵は上機嫌だ。

「あんじょう頼みます」

佐助は運転席に戻った。波留はすかさずナンバープレートを撮影した。

「ほな、いきまひょか」

梨絵の声と共に三人は歩き出した。

尾行の再開となった。

三人は鴨川を渡り、木屋町三条界隈に入った。高瀬川《たかせがわ》の畔の桜がちょうど満開だ。

後一週間は咲き誇っているのではないかという勢いの良さだった。

ときおり吹く風に桜吹雪が舞う中、木屋町通は人でごった返していた。

梨絵は、桜並木のちょうどまん中あたりにあるビルの前で止まった。黒の作務衣をきた坊主頭の男が三人、待ち構えたようにビルの前に立っていた。

驚くほどに端正な顔をした坊主たちである。いずれも二十代半ばに見えた。

「美頭《びとう》ですね」

淳子が魂でも抜かれたような声を上げた。

「あれは本物のお坊さん？」

波留も思わずそう聞いた。

「いや、なんともいえません。美しすぎます。新手のホスクラかも知れませんよ。アイドル系やダンサー系が飽和化しつつあるので、思い切って坊主コスプレにしたのかも知れません」

淳子がそういっている間に、梨絵と舞妓ふたりは、ビルの中へと消えていった。

店名を確認するべく波留はビルの前へ進んだ。

五階建ての茶色のビルだった。ビルのエントランスに店の案内板が貼ってある。

『会員制ボーズクラブ・煩悩寺《ぼんのうじ》』

「これね」

波留が指差す。ボーイズクラブではなくボーズクラブだ。

四階と五階の全フロアが煩悩寺となっており『男性お断り』との但し書きがついていた。

「今夜はここまでね。改めて、この店を探索したいんだけど、淳ちゃんの方で調べられる？」

所轄に何らかの情報があるかも知れなかった。

「はい私、生活安全係なので、風俗担当にさりげなく聞いておきます」

その情報を確認したら、三日後には乗り込みたいものだ。

ここに絶対ヒントはあると波留は確信し、真木洋子にメールを打った。

第四章　紅い京都

1

『華岡寺』の座禅体験スケジュール表には一日の流れがこう記されていた。

四時三十分　振鈴《しんれい》（起床）
　　　　　　洗顔
五時〜七時　暁天座禅（二時間）
七時　　　　行鉢（小食）
八時〜十時　作務（屋内掃除）
十時〜十二時　座禅（二時間）

十二時　　　　　行鉢（中食）
十三時〜十五時　作務（屋外掃除）・拳法（華王拳）
十五時〜十八時　座禅（三時間）
十八時　　　　　行鉢（薬石）
十九時〜二十時　講義　公案（禅問答）
二十時〜二十一時　開枕（就寝）

「ここからは男女に分かれての修行になります。雨宮《あまみや》洋子さんは、妹寺《いもうとでら》に当たる『尼温院《におんいん》』に移っていただきます。当山の敷地内にありますが、門は別になっていますので、まもなく尼僧がご案内します。竹内《たけうち》豊幸さんは間もなく古参僧が宿坊にお連れします」

広報担当という中年の僧侶、永徳《えいとく》が目の前でいう。午後一時のことだった。

洋子と松重は頷《うなず》いた。

永徳が続ける。

「体験修行と申しましても、禅寺で四日間過ごすことになりますので、それなりの御覚悟が要りますが、よろしいですね」

三泊四日の体験修行のスケジュール表を指さしながら、穏やかに笑った。最終確認ということらしい。

不気味な穏やかさだ。

「そうとうな苦行なのでしょうか」

松重と並んで座っていた洋子は、おずおずと聞いた。

北山の緑深い森の中にある花澤真宗総本山『華岡寺』の客殿《きゃくでん》であった。五十畳ほどもある大広間には洋子たちの他に二十人ぐらいの男女が、仮出家のためのガイダンスを受けていた。

大雑把な説明が終わり一組ずつの面談にはいったところだ。

たとえ三泊四日程度の体験コースでもこの間は出家することになるそうで、寺の戒律に従わねばならないという。

「一般社会での通常の生活習慣は、当宗の立場から見渡すと、まさに自堕落な暮らしぶりとなります。それに慣らされている方にとっては苦行といえるでしょう。修行は早朝二時間、午前中二時間、午後三時間の座禅、ひたすら座禅を組むことになります。正式な修行僧は、これにりますが、これは相当お辛いのではないかと思います。正式な修行僧は、これに読経《どきょう》が加わりますが、体験入山の方には割愛させていただいております。理解せずに唱えても無意味だからです。それと体験入山者には、当宗の教義をおしつけるつもりはないということです。それよりもこの四日間だけでも心を無になさってください」

毎週、あらたな体験者を迎えているのだから当然といえば当然だが、永徳は立て板に水のごとく、淀みなく伝えてくる。

「四日間耐えて、何かを得て帰りたいと思います」

洋子はそういって会釈した。

すると永徳は俄《にわ》かに厳しい顔になった。

「それが、そもそも間違いです。修行をして何かを得ようという気持ちが、すでに欲得に駆られている証拠です。いけません。ここでは、そうした煩悩をすべて捨てるために禅を組みます。雨宮さん、無になるというのは難しいですよ。人間は必ず、何かを考え続けています。寝ていても、何かを考えています。これを止めるのは大変なことです」

潜入用に雨宮洋子という名前を用いている。旧財閥系商社で働く実在の人物だ。しかしその正体は真木機関の協力者で、現在はワルシャワ支社に勤務している。ロシアと西側の双方の情報を収集するためだ。

一時帰国して観光にきている体《てい》を取っていた。

「はっ、まさに迂闊《うかつ》でした。仕事柄、常に何か利益を上げねばという精神が身についておりました」

洋子は低頭した。

「まずは、そうした心を滅却することです。禅の修行は商いの損得からはもっとも遠いところにあるものです。無心、まったくの無になることです」

「はい」

洋子はさらに身を低くした。

ここは僧侶のホームである。相手が有利な舞台設定になっている。

掃き清められている広間の空気は研ぎすまされており、開け放たれた障子戸の先に見える方丈《ほうじょう》庭園も、寸分の狂いもないほどに整えられていて、見る者を圧倒してくる。

おのずと日常生活で見る風景がいかに雑然としているかが、わかるというものだ。

永徳が説いていることは、思考を止めよ、といっているのに近い。

そんなことが、本当に出来るのだろうか。

人は起きているときはもちろん、寝ていても何かを考え続けているものだ。何かを考えなければ生きていることにはならないのではないだろうか。

そして人が毎日生きる空間というのは、雑然としているのが当たり前なのだ。

自堕落に生きてこそ人ではないか。

洋子はそう考える。

ただし、ここは従順さを装う。

ふと、隣に座っている自堕落で気ままを体現しているような男、松重豊幸の表情を垣間見《かいまみ》た。

鋭い眼光で永徳を睨《にら》みつけていた。久しぶりに見る松重のマルボウ刑事独特の凄《すご》みのある表情だ。

「竹内さんは、お仕事に自信を持っているようですな」

その顔を見ても永徳は穏やかさを崩さない。

「そんなことはありませんよ。掃除の時間も結構あるんだなと、ただそう思っていただけです」

松重はぶっきらぼうに答えている。竹内豊幸と名乗っている。洋子の伯父の体裁である。千葉にある新興大学の講師を装っている。これも実在の協力者だ。留学生の中に工作員が混じっていないかを探し出すための協力者である。

松重はたぶん、刑務所の作業を思い浮かべているに違いない。

スケジュール表によると、午前中は本堂、客殿の掃除、午後は庭掃除が中心のようだ。

「はい。作務は雑役ではありません。清掃としての仕上げは、当寺の僧侶たちが行います。床を拭いたり、畳を掃いたり、また庭の草を毟《むし》るということも、黙して行うことで、無心さを得ることが出来るはずです。それと禅で畳んだ足腰を伸ばすことでもあります。禅をしていると、この作務が待ち遠しくなることもあるでしょう」

永徳は淡々と伝えている。

「私が自信家のように見えるといったのは、どうしてでしょうか?」

松重が堂々と訊《き》き返している。

「修行を疑っているからです。本当にそんなことが役立つのかと。竹内さんの鋭い表情を、拙僧はそう見ました」

「自信家は疑うのですか?」

松重が再度問う。

すでに禅問答をしかけているようなものだ。

「禅寺に修行に来られる方は二種類に分かれます。自分に自信がなく、何かを悟ろうと門をたたく方。日々の生活に疲弊してしまった方が多いです。もう一方は、禅をすることで、頭をクリアーにして、人生や仕事に生かそうとする方たちです。こうした方たちは、元来ご自分に自信をもっています。ですから、最初は疑うのです。この四日間が時間の無駄になるのではないかと」

そこで言葉を区切り、永徳は松重の眼をじっと見た。

「恐れ入ります。そうした気持ちがないわけではありませんでした」

松重はあっさり折れた。

「結局のところ、自信があろうがなかろうが、人生はあまり変わらないと思います。禅はそういう境地に近づくためにあるのではないでしょうか。拙僧も三十年、修行をしておりますが、実はまだその境地にはいたっておりません。おふたりが生涯、修行をしていくための本日が門出になればと願います」

永徳は柔和な笑みを浮かべた。

こういわれると、そんな気もしてくる。

禅とは生涯、悟りを求めて修行すること。

「無心ですね」

洋子は永徳をまっすぐ見た。

「さよう。無心です」

答えて永徳は、ぽんと手を打った。

すると黒の作務衣を着た修行僧がやってきて、

「ご案内します」

と伏していう。

洋子は松重と共に、磨き抜かれた板廊下へと出た。

「別々になりますが、伯父さま、しっかり修行してくださいね」

「あぁ、洋子もな。久しぶりの日本だ。こういうリフレッシュもあるだろう」

お互い芝居をしながら、客殿の玄関へと向かう。

ふたりともテープ式通信機を装着し、予備のロールも持参していたので、離れ離れにされても、意思疎通は出来る。

沓脱《くつぬぎ》場で薄墨色の着物に白い頭巾を被《かぶ》った尼僧が待機していた。額から上がすっかり覆われ、口も布で隠していたので、人相はわからない。

「萬壽《まんじゅ》と申します。雨宮さんを『尼温院』へご案内します。お荷物は旅行会社の方がすでに、宿坊に回してあります」

張りのある声から想像して、まだ二十代ではないかと思う。

「よろしく頼みます」

広大な境内を眺めつつ、萬壽に従った。

2

『尼温院』は『華岡寺』とちょうど背中合わせのような形で建てられていた。

華岡寺の山門を一度出て、長い海鼠壁《なまこかべ》の塀伝いに歩き、真逆の位置にある朱塗りの山門を潜《くぐ》った。

兄寺である『華岡寺』の境内にはおおくの観光客が歩いていたが、こちらは非公開のためかひっそりとしていた。

玉砂利に囲まれた石張り参道を進むと、正面から見ると屋根の左右が強く反った、唐様式の寺院が迫ってきた。

あれが本堂であろう。

その威容ある本堂の脇を抜けて、さらに奥へと進んだ。ずっと先に高い塀があり、『華岡寺』の朱塗りの五重塔が見える。

今頃は松重も宿坊に入っていることだろう。

しばらく進むと、社務所を兼ねた二階建ての客殿があった。

「こちらです」

萬壽が客殿に入っていく。

沓脱場の三和土《たたき》を上がると、半障子の四連衝立《ついたて》があり、下方の板には鶴の透かし彫りがあった。

ほのかな香の匂いが、ここが寺院であることを再確認させてくれた。

衝立の向こうは、ガラス戸に沿った長い廊下だった。

松の木の見える庭から明るい陽光が差し込んでいた。

その廊下を小豆色の作務衣を着た尼僧たちが、雑巾がけしている後姿がみえた。

高く掲げた尻が十列に並び、ほぼ一直線になって前進していた。

作務衣の布を通して尻の形がくっきりみえた。

五十メートルほど先の白壁まで進むと、今度はUターンして、洋子たちの方へと向かってきた。

尼僧たちは頭巾をしていなかった。

光る頭頂部がこちらに向かって迫ってくる。

するとIt's傍らにいた萬壽も白頭巾を取った。ようやく素顔を見た。色白で若い。まだ二十歳そこそこではないかと思った。

雑巾がけの反復をする尼僧の脇を通り、萬壽と洋子は奥へと進む。行きどまりの白壁の左手に飴《あめ》色の階段があった。

「こちらです」

萬壽が先に上がる。

一階と同じように長い廊下があった。山水画が描かれた襖《ふすま》が並んでいる。

一番手前の襖を開け、中に通された。

六畳間で、隅に布団が畳まれている。漆塗りの文机《ふづくえ》に行灯《あんどん》を模したスタンドライトが置いてある。

ここでの制服らしい小豆色の作務衣も乱れ箱の中に畳まれていた。肌襦袢《はだじゅばん》もセットされている
「落ち着いたお部屋ですね」

「入信した尼僧は四人で一部屋になりますが、体験コースの方はひとり部屋です」

それはこころが休まるというものだ。

萬壽に促され、座布団に座った。萬壽は入り口付近に端座《たんざ》した。

「今日から三泊の体験者は、雨宮さんを含めて三人になりますが、お互い口をきくことは出来ません。当院では黙しているのが常態で、口をきくのは指導していただく僧から声を掛けられたときだけです。僧同士も勝手に話してはいけません。私がいまこうして申し上げているのは、尼僧総取締役の光恵《みつえ》指導僧の代役としてでございます」

尼僧総取締役とは、これまた江戸時代の大奥のような呼称だ。

「承知しました。黙するようにいたします」

洋子は頷いた。

「スマートフォンやノートパソコンの類も使用禁止です。時間はすべて振鈴にてお知らせしますので、腕時計などもお取りください。寺には寺の時間が流れております。すべてここに収めてください。私共が開封することはありません」

萬壽が茶色の封筒を取り出した。

これは聞いていなかった。

洋子は抵抗しようとしたが止めた。ここは流れに任せた方がいい。どのみち持参しているスマホは雨宮洋子としてのダミーだ。アドレスに入っている名前やその通話履歴は、すべて真木機関内部の者との架空のやり取りだ。

何かのトラブルでスマホが奪われたときの防御策としてそうしている。

松重との通信手段であるテープ式通信機が確保されていれば問題はない。

「承知しました」

洋子はスマホと外した腕時計を封筒に入れた。萬壽が目の前で粘着シールをはがし、封印する。

「ここにサインをどうぞ」

とボールペンを差し出してきた。洋子はあえてハングル文字で雨宮洋子と表記した。日本語的にはすべてひらがなで書いたようなものだ。

萬壽は目を丸くしたが、上層部の僧がみたら、なんらかの反応があるかもしれない。

「お帰りの日に、下の社務所で返却します。他の貴重品は、押し入れの中に金庫がありますからお入れください」

「わかりました」

「それでは、剃髪《ていはつ》の儀の仕度が出来ましたら呼びに来ます。下穿《したば》きは付けずに作務衣に着替えてお待ちください」

「あの、下着はダメなのですか？」

「はい。寺ではその肌襦袢をつけていただきます」

それも聞いていなかった。

取りあえず頷くしかなかった。

萬壽が茶封筒を抱え去った後、洋子は仕度を整えて待った。

時計がないので時間の経過がわからなかった。

——マインドコントロールはもうはじまっているな。

と思った。

スマホを取り上げたのは外部との連絡手段の遮断。腕時計を取り上げ、振鈴《しんれい》だけでときを知らせるのは、この寺の定めた『とき』の支配下に置くということだ。

つまり頼るべきものが寺しかなくなる。

そして、周囲を剃髪した者ばかりで固められていると、自分だけが黒髪でいることが異質ではないかという気持ちにさせられる。自然に同化を求める環境になっているわけだ。

——しっかりしないと、心を持っていかれる。

洋子は左右の耳朶を五秒ほど押した。

『こちらでは、拳法の修行もなさっているのですか?』

いきなり松重の声が入ってきた。

『はい。華王拳と呼んでいます。ですが、これは戦闘のために訓練しているのではありません。心のバランスをとるための運動の一環です』

永徳の声だ。

『運動ですか。それにしては皆さん凄い突きをしていますね』

『禅僧の修行は五年、十年と続きます。その間、座禅と掃除だけでは、いかに悟りのためとはいえ身体《からだ》がなまります。心に閉塞感が宿ることもあります。そうした閉塞感を拭うためには、一心不乱に身体を動かすことです。中国武術の型を基本に手足を動かし、心と脳に気合を入れるためにやっているのです。したがって、他派の拳法のように対決することはありません。竹内さんも正式に出家なさったら、華王拳を週に二度はやることになりますよ』

『いやいや、私の年齢では持ちませんよ』

柔道、剣道ですでに四段の腕前の松重は猫を被っているようだ。

『まぁ、無理強い《むりじ》は致しません。気が向いたら、またいらっしゃればよいのです。毎年、春と秋にいらっしゃる方も多いです。ささ、では剃髪に』

松重はいよいよボーズになるようだ。

とそのとき襖が開いた。

「雨宮さん、準備が整いました」

萬壽が端座していった。

「はい。私も準備できております」

洋子は耳朶を触りイヤホンをオフにし、逆に両腕に巻いたテープマイクはオンにした。

松重がいつでもこちらの状況を把握出来るようにしておく。もしも相川が車で寺の界隈《かいわい》を巡回していれば、彼も把握してくれるだろう。

3

「尼僧総取締役の光恵と申します。おかけください」

四十半ばぐらいに見える丸顔の尼僧が椅子の横に立っていた。一階の中央にあるベンガラ天井の十畳間だった。

質素だが豪壮な印象の間だった。

部屋の真ん中に緋毛氈《ひもうせん》が敷かれその上に木製のがっしりした椅子がある。

洋子はそこに座った。

真正面は床の間で、掛け軸があった。ちょうど洋子の目の高さの位置に達磨《だるま》のような顔をした僧が禅をしている様子が描かれている。満永大師とあった。達磨大師の模倣のようだ。

「よろしくお願いいたします」

「お覚悟は？」

鋏《はさみ》を持った光恵が、背後で聞いてきた。萬壽は部屋の隅に端座しているようだ。

「出来ております」

「それでは、俗世とのご縁を切ります。正面を向いたまま動かぬように」

いうなり光恵は、洋子の後ろ髪をバッサリと切った。静寂の中で鋏の音がバチンと鳴った。

セミロングの黒髪が緋毛氈の上に落ちていく。

言葉はやはり霊《たましい》を持っている。俗世との縁を切るといわれて髪を落とすと本当にそうなっていくような気持ちになった。

光恵は無言で切っていく。

鏡があるわけではないので、切られていく過程はわからない。どんどん落ちていく髪の毛を見やりながら減っていく様子を推測するしかないのだ。

だいぶ頭全体が涼しくなってきたところで、背後からお湯と石鹸《せっけん》の匂いがしてきた。萬壽が泡立てをしているようだ。

光恵が頭頂部から後頭部にかけて手のひらで撫《な》でた。頭皮にはっきりと体温と感触が伝わってきた。五分刈りぐらいにはなっているのではないだろうか。

「光恵さま」

と萬壽の声がし、洋子の脇に高さ七十センチほどの花台に載せられた鉢が置かれた。鉢の中は泡立った石鹸のようだ。

頭頂部に刷毛《はけ》で泡が塗られる。先ほどの手のひらよりも遥《はる》かに温かい感触だ。続いてカミソリの刃が当たった。

ナイフ形の一枚刃のようだった。

神経が鋭敏になっているせいか、じょりっ、じょりっと剃《そ》る音が耳に入ってくる。

徐々に側頭部、後頭部、襟足と泡が盛られては、カミソリの刃が立った。

頭皮を守るべき毛がなくなり、その皮膚に鋭利な刃物を当てられているのだ。洋子としては緊張を強いられた。

「よい形の頭ですね。出来ました。ご自分で触ってごらんなさい」

光恵の声がした。

おそるおそる手のひらを頭頂部にあてがうと、つるっつるだった。感動さえ覚えるすべすべ感だ。

「自分の頭ではないみたいです」

本音でいった。

「はい。剃髪はこれまでのご自分との縁切りでもありますから、それでよいのです。それに尼寺は、そもそも縁切寺《えんきりでら》の性格をもっています。どうかたとえ四日でも、それまでいた現実とは訣別《けつべつ》してください」

光恵が諭《さと》してくる。

「はい」

素直に受け止めた。

探索のために潜入したのだが、妙に清々《すがすが》しい気持ちになった。

「それでは、続いて下の剃毛を。作務衣はご自分でお脱ぎください」

光恵が刷毛で鉢を掻《か》きまわしながらいった。

「はい？」

一瞬意味がわからなかった。

「剃髪は剃毛も含みます。もっとも俗世と繋《つな》がっているのは、髪の毛ではなく陰毛なのです。そこを断ち切るところに、本当の意味があるのです」

光恵が鉢を掻きまわしながらいう。茶筅《ちゃせん》で抹茶を立てているような手の動きだ。

聞いていない。これこそ聞いていない。

洋子はたじろぎ、思わず、腕に巻いてあるテープを見た。光沢のないテープなので、光恵や萬壽に気づかれることはない。

それはそれでいいのだが、一方では松重が聞いている可能性があった。

テイモウだ。

「驚かれたのは当然ですよ。まさかそんなことをされるとは思っていませんでしたでしょう」

光恵は、ゆっくりした調子だ。

「はい。驚いております」

洋子はありのままを伝える。

「剃毛については、事前にお伝えすることは憚《はばか》られますので、致し方ありません。しかし、私のいっていることはおかしいでしょうか？　お答えください。陰毛とは何でございましょう？」

これは禅問答か？

「恥ずかしい場所を隠す毛では……」

洋子は答えた。当たり前すぎるのはわかっている。しかしあまりにも突然のことで考えがまとまらない。気の利いた応答など出来ようがないのだ。

「では、問います。何故そこは恥ずかしいのでしょう」

「……」

様々な想念が浮かぶが口に出せなかった。

「そこの毛を残したままでは、修行に入っても煩悩がすぐに生まれます」

鋭く切り込んでくる。

——そんなことはない。極論すぎる。

そう反論する余地はいくらでもありそうだが、はたしてここは抵抗する場なのか。この寺の内情、裏の顔を探るために、こうしてやってきているのだ。とことん相手の中にはいるしかないのではないか。

「自分で剃ってはいけないのでしょうか」

「尼僧に任せてこその俗世との縁切りです。そうではないか萬壽？」

光恵は萬壽に振った。これも禅の問答のようだ。

「はい。恥辱の克服こそ肝要とみます」

萬壽が答える。

「萬壽に問う、恥辱とは？」

光恵が続けた。

「秘部を見せることかと心得ます」

「では秘部とは？」

「本心でございます」

「ご明察っ」

光恵がおおげさに両手を広げ、胸の前であわせた。

「されば雨宮さん、あなたは、他人に本心を見せずに生きてゆこうとなさっている」

こじつけられた。

あまりの飛躍に呆《あき》れる部分もあるが、拒否すると、光恵はそこで洋子に見切りをつけてしまうだろう。それではこの寺の闇の部分を見ることが出来なくなる。

「剃毛願います」

乗るしかなかった。

この後の展開にどんな仕掛けがあるのかを知るためには、騙《だま》しやすい女を演じ切らねばならない。

恨むとしたら、内閣総理大臣の中林美香しかいない。

洋子は立ち上がり、作務衣の下衣を脱いだ。とてつもない恥ずかしさに耳朶が火照るのがわかる。死刑台に上るような気分で、両足首から引き抜いた。

「肌襦袢を捲《めく》って、お座りください」

光恵が正面に回ってきた。心臓が口から出そうなほどの緊張が走る。洋子は歯を食い縛り椅子に腰を下ろし、白い肌襦袢の裾を捲り上げた。

それでもぴっちり合わせたままの膝を開くことは出来なかった。開こうにも太腿《ふともも》がプルプル震えて、動かしようがない。

その太腿の上に、光恵の手が伸びてきた。

くわっと開かれる。女の秘部が開陳された。

「いやっ」

さすがに声が出た。上を向くつもりだったが、やはり視線はいったん股間に下りた。自分の小判型に処理された陰毛が覗《のぞ》けた。

広げた太腿の間から艶《なま》めかしく濡《ぬ》れた秘貝が半分口を開けていると思うと、気が遠くなってくる。

「そのまま、そのまま」

光恵が、陰毛を逆なでしながら摘まみ上げてくるる。三センチほどの長さのところまで摘ままれ鋏でぱちんとやられた。

他人に陰毛を摘ままれたのも初めてなら、カットされたのも初体験だ。同じ調子で、陰毛の長さが一ミリぐらいまでは鋏でぱっつんぱっつんにされた。整えているわけではないので、トラ刈りだった。

男性の無精ひげほどの長さになると刷毛でシャボンを塗り立てはじめた。くすぐったいような、こわいような気持ちで脳が混乱し始める。

いますぐこの女の顎《あご》に膝頭をぶち込んで、ここから立ち去りたい。

そんな衝動に駆られたが、洋子は口を真一文字に結んで耐えた。耐えるしかないのだ。

いよいよカミソリの刃が陰毛に当てられた。臍《へそ》の十センチほど下あたりから、女の貝の合わせ目に向けて、じょりじょりと下りてくる。

「うっ」

もしかして刃がクリトリスに当たるのではないかという恐怖に、思わず声をあげる。同時にビクンと背筋も張った。

と光恵がカミソリを這《は》わせながら秘所の上縁に指を這わせてくる。

「ここに当たるのが怖いんですね。ここ」

包皮の上からだが、女のもっとも敏感な紅《あか》い突起を突いてくるのだ。

「はうっ」

のけ反りそうになった。たとえ無理やりでもこのポイントを押されたら、快感が脳を突き抜ける。

感じちゃうのだ。

しかも相手は刃物を握っているのだ。腰を大きく動かすことはためらわれた。快感と恐怖、飴と鞭《むち》で瀬戸際まで追い立てられる。

よけいに感じてしまうではないか。

そしてこの音声を、松重に聞かれていると思うと、くらくらとなった。もう警察など辞めて、どこか遠くに逃げたい気分だ。

「このマメこそ煩悩の極限どすわ。取ってしまいましょうか」

突如、京言葉になった光恵が、包皮から芽を剝《む》き出してきた。

「えっ、それは、いや、その」

気絶しそうなほどの恐怖に襲われ、しどろもどろになった。

「取らへんて。そないなことするわけないやろ。満永宗主に淫相《いんそう》を見てもらうかも知れん大事な御愛処《おめこ》や。ありのままにしておかな」

――淫相見！

ついに出た。

花澤真宗の霊感商法への導入は、過去の淫縁――つまり先祖が道ならぬ姦淫《かんいん》や、不貞を働いたことから祟《たた》りが起こるというものだったはずだ。

「淫相ですか」

「はい、ここを見れば、その人の行く末も見えるというものや。手相見などより遥かに当たる。淫相見は千年以上も前から高句麗《こうくり》の国に存在しているもんやけど、近代以降では、世間の目がうるさく封印されておった。七十年前に花澤真宗の始祖が、そのルーツを探り体得し、代々の宗主に伝えています」

誠にもっともらしい説明だった。

そんなものは嘘《うそ》八百に決まっている。

これはマインドコントロールの中の核心、感情のコントロールだ。

もっとも多いのが不安への煽《あお》り立てだ。

何らかの不安や恐怖に覆われている者には、その原因として因果を告げればよい。

花澤真宗の場合は、淫果だ。

はっきりとした要因を持っていない者には、それを作ってやればいい。

淫相見だ。

占いと称して不安を作り上げるのだ。

人は誰でも漠然とした不安を持っている。特にこうして寺を訪れたり、座禅の体験コースにやって来る者は、何らかの救いを求めているはずだ。

そこが付け目なのだ。

ガイダンスの際の永徳の松重評を思い出す。

『自信を持っているようですな』

永徳は松重を見てそういった。

マインドコントロールにかかりにくい人物だと嗅ぎ取ったのだ。

確かに松重のような男は、神や仏よりも、自分のほうが上だと考えているので他人にコントロールされにくい。

何をいってもああいえば、こういう式で反発してくるだけなのだ。議論を超越した『俺の気分』がすべてなのだから、詐欺師も理屈では導けない。

寺は松重にはあまり深入りせず、余計なことはしゃべらないのではないか。

となると自分が弱い人間として、あえて餌食になるしかあるまい。

「宗主にソコを見てもらえるのですか？」

か細い声で聞く。

口にしただけで頭がくらくらした。

なぜこんなことまでいう羽目になったのだ。いちいち腹が立つ。そのたびに内閣総理大臣の顔が浮かぶ。陰毛が濃そうな総理大臣だ。

「私から願い出てみましょう。たしか明日の夜は宗主はあいているはずです」

もったいをつけ、なおかつ時間を限定して急《せ》き立ててくるのもマインドコントロールの王道的手法だ。

「光恵様に、すべて一任いたします。よろしくお取り計らいください」

そういうしかなかった。

――まいったわ。

洋子は胸底で大きなため息をついた。

あろうことか潜入捜査で、対象《マルタイ》の首謀者に、女の秘密の部分を見せることになったのだ。

流れに乗るしかない局面なので、止《や》むを得ないのだが、あまりといえばあまりだ。

「わかりました。私から願い出てみましょう。つるマンになりましたね」

光恵が背筋を伸ばし、カミソリを懐紙《かいし》で拭き、萬壽が花台を引き下げた。

淫毛がすっかり剃り落されていた。

頭も股間もやたら涼しく軽くなったが、心は重くなった。

このとき、振鈴の音がした。大きな鈴を振りながら誰かが走り回っているようだ。

「作務の時間も終わりやな。雨宮さん、それでは昼の座禅から参加してください。

萬壽がご案内します」

光恵はそういい、合掌し退出していった。

「では本堂へ」

「はい」

萬壽に促され尼温院本堂へ向かう。石畳を歩き、山門の方へ戻るような形で本堂へと進んだ。

前を行く萬壽も下着を着けず剃毛しているのだと思うと、覗いてみたい気分にもなる。

兄寺の華岡寺と異なるのは、尼温院には敷地が広い割には本堂と客殿しかないことだ。観光客を入れていないこともあるだろう。

華岡寺の方は本堂、客殿の他に五重塔、僧堂、回遊式庭園、台所院、説法院、茶室、土産物店などがある。

尼温院本堂の正面の格子戸の前に立った。

「ここで合掌します。花澤真宗流合掌です」

萬壽が両手を高く上げて半円を描くようにして回し、胸の前で合わせた。そのまま礼をする。

洋子もならった。

なんとなくだが、相撲の土俵入りのような仕草だった。

「堂内を歩くときは叉手《しゃしゅ》といって、鳩尾《みぞおち》のあたりで、左の手の上に右手をこういうふうに重ねます」

萬壽がまず左手の親指を握り込み鳩尾に当てた。その上に右手を被せ、左手の窪んだところに右手の親指を乗せた。一見手を組んでいるように見えるが左手を右手が包みこんでいるのだ。

そのうえで肘をはる。

洋子も真似《まね》た。

実に心が落ちつく姿勢だ。

中に入ると中央に阿弥陀如来《あみだにょらい》の木像。左右に座禅する満永の木像があった。進み出てここでも合掌する。

「華岡寺には専用の禅堂がありますが、こちらは本堂の下になっています」

萬壽が正面仏壇の右側の階段を示した。

階段を下りると迷路のように曲がりくねった廊下があり、その狭い廊下を萬壽についていて進んでいくと、禅堂があった。

細長い部屋だった。中央に通り道があり、左右の壁に沿った座禅用の席が一段高くなっている。円型の厚い坐蒲《ざふ》が並べられていた。濃紫色だ。

右側壁の上部に灯り取りの窓が並んでおり、そこから斜めに日差しが入り込んできている。

禅席にはすでに数人が背中をむけて座っていた。洋子たちと一緒に体験入山した観光客の女性たちの顔もあった。

いずれもつるっ禿《ぱげ》になっていた。

あの女たちも剃ったのだろうか。洋子の視線はどうしても他の女の尻のあたりに向かってしまう。

「座り方は法界定印《ほっかいじょういん》といいます。合掌、叉手《しゃしゅ》と合わせて、三進退と呼びます。これが禅寺の基本作法なのです」

萬壽がいい、先に作法にのっとり坐蒲に座ってみせる。

丸い坐蒲に尻を置き足を組み、臍《へそ》の下で手で円を作っている。

「右手が下、左手が上になるように指を重ね、親指を軽くくっつけるのです」

「わかりました」

洋子は交代して坐蒲に尻をつけた。壁を向いて手を重ね、目を閉じた。

「はい、それでよいのです。禅をしている間は、くっつけた親指を離してはならないのです」

「わかりました」

「ではまもなく指導僧がきます。終了しましたらまた迎えに来ます」

萬壽が下がっていく。

続々と席が埋まっていく。

警策《きょうさく》をもった指導僧が通路に入って来た。

「知野《ともの》といいます。客僧の方は、ご気分が悪くなったら、早めに手を挙げてください。客僧にかぎり退出を許可します」

客僧とはつまり洋子たち体験コースの者を指すようだ。倒れられても困るということだろう。無理やり剃毛に持ち込んだかと思うと、禅堂では優しさも見せる。やはり飴と鞭の使い方が上手《うま》いのだ。

「それでは、はじめっ」

声がかかり、洋子も目を瞑《つぶ》った。

怪しげな宗教団体ではあるが、禅の機会を与えられたのはありがたい。少しは自分の心を無にしてみたいものだ。

目を閉じてじっとしていた。瞼《まぶた》の裏側を様々な光が飛び交っているようだった。ぼんやり窓の景色を見ているのとはわけが違うことに、いまさらながら気づかされる。目を瞑り、心のままにしているというのは実に難しい。

徐々に瞼の裏に映る画像がサイケデリック化してきた。カラフルな色が縦横無尽に流れたり、大小の光が点滅したりする。

これがトランス状態というものだろうか。

まるで万華鏡を覗いているような気分だ。

とにかく、脳は何かを考えつづけているのだ。空っぽにならない。

そして目を瞑っていると平衡身体が徐々に失われていくのだ。身体が揺れ始めた。

――ええい、しっかりしろ！

と自分を叱咤《しった》激励するのだが、揺れがどんどん激しくなってくる。法界定印の円を作る親指同士も離れそうになった。

同一の体勢を取り続けるというのがこれほど辛いとは思わなかった。

とりとめのない想《おも》いが浮かんでは消える。

「我欲を捨てなさい！」

少し離れた位置で、ばしんっ、と誰かの肩を警策が叩く音がした。強い音なので、真の修行僧なのだろう。

この音で洋子は我に返った。

――我を捨てろ、か。

たしかに禅の教えではあるが、これは指導の仕方ではマインドコントロールの一手段になる。

煩悩と必死に闘うことは、かくも大変なのだ。

薬物など使わずとも、長時間、同一体勢で瞑想させることで、トランス状態に導くことが出来る。

そこに我を捨てろと追い立てる。

我を捨てろとは、裏返すと思考を止めろということだ。だが、それが古くからある禅の教えとあれば、人々はあまり疑いを持たない。

七十年前に花澤真宗を興した宗主はなかなか利口だ。まったく新しい宗教であれば、カルトではないかと疑いの目を向けられる。

だが古典仏教のその一つということで、しかも教えではなく、自らが開眼していくということなので、責任は当人にあるということになる。

――読めてきた。

すっかり従順になったところで、自分たちの都合のよい思想を吹き込むのだ。

洋子は考えることにした。

頭の中にノートを開いた。そこに書き込むように、考えを羅列していく。不思議なことでそうすると呼吸が整ってきた。

思考を開始すると、瞼の裏に映っていた幻想的な画像はピタリと消滅する。もちろん思考をするにも身体は動かしたくなる。

将棋指しとて、扇子で顔を扇《あお》いだり、脇息《きょうそく》に寄りかかったりするではないか。

ここは警察官としての根性の見せ所だった。張り込みで全く動けない位置に入り込んだと思えばよいのだ。

真木機関ではそうした訓練も実施している。諜報《ちょうほう》、工作活動とはそもそも自我を捨てて任務に励むことだ。

洋子は背筋を伸ばした。この先に対応していくための思考をどんどん巡らせていく。

将棋指しのように一手一手、相手の指し方を読んでいく。

すると時間の経過など気にならなくなった。

「はい、わかりました。担当の尼僧が案内しますので、宿坊に戻ってお休みください。まもなく薬石となります」

知野の声がした。

ギブアップした体験コース者が出たらしい。

洋子は平気だった。

思考している間に、終了となった。

「雨宮さんですか？　凄《すご》いですね。背筋を伸ばしたまま微動だにしていませんでしたね。法界定印が解けることがありませんでした。どこかで禅をしたことがおありでしょう」

「いいえ、初めてですよ。社交ダンスの経験があるので、体幹は鍛えてあるんです。

それだけです。頭の中はいろんなものがぐるぐる飛び交って、いっこうに落ち着きませんでした」

相手が納得するセリフを述べる。

「そうでしたか。いや初日から煩悩が消える人はおりませんから、それが普通です」

指導僧の知野の顔に、妖しい笑みが浮かんだ。

萬壽が迎えに来たので宿坊に戻った。

4

二日目の午後。

松重は庭の草むしりの作務をしていると、永徳に声をかけられた。

「竹内はん、すこし剣術でもしはりませんか？」

高価そうな草履をはいた永徳が叉手のポーズで庭に降りてきた。

「はぁ」

どう反応してよいかわからず、松重は苦笑しながら頭を撫でた。昨日剃髪をしたのだ。

剃る前までは、一度剃ったら最後、もう二度と生えてこないのではないかと、不安になっていたのだが、剃髪を終えると、実に爽快な気分になった。

スキンヘッドこそが自分にもっとも似合うヘアスタイルであると悟ったからだ。

しかし、昨夜はそれ以上の不安にも駆られた。

上司である真木洋子から送られてくる通信内容には、剃髪の次に剃毛があったのだ。じょりじょりと陰毛を剃る音や、女の肝心な所を突かれたらしく、上司が喘《あえ》ぐ声まで聞いてしまった。

真木洋子はクールビューティを絵にかいたような女上司だが、やっぱりアソコの突起を押されると喘ぐのだと、納得した。

しんどいだろうが、特務機関のトップなのだから耐えて欲しい。潜入捜査では、身元がバレた瞬間に命を落とすことなどざらだ。

クリトリスを撫でまわされるぐらいは、序の口と思った方がいい。

と、他人には厳しくいえるのだが、はてさて、自分も剃毛されてしまうのか、と思うと落ち着かなかった。

つるマンはそれなりに可愛いと思うが、つるチンは迫力がなく子供っぽいだけではないか。

松重の実に個人的な見解ではあるが、男根とはやはり陰毛とセットでその魅力を発揮するものではなかろうか。

幸いなことに昨夜、松重に剃毛の要請はなかった。

だが、二日目にそれがないとはいえず、内心びくびくしながら、午前中を過ごし、中食の後の作務についていたところだった。

そこにひょっこり永徳が現れたのだ。

「運動としての剣術どすから、なあに、竹刀を持って汗を流すだけです」

永徳は穏やかな顔をしたままだ。

「剣道は多少の心得があります」

松重は即座に答えた。いずれ、竹刀をもたされたら、たちどころに経験者であると見抜かれる。正直に伝えておいたほうが得策だ。

「やはり、そうどしたか」

永徳の頬がさらに緩んだ。

「やはりとは？」

松重は首を傾《かし》げた。

「昨日から本日午前の座禅の様子を指導僧の大善《だいぜん》に聞きました。竹内はんは、まったく揺れることなく、初心者とは思えぬ背筋の伸ばし方だったと。それでなにか武道をやられてはったのではないかと見立てました」

「恐れ入ります」

「ご段位は？」

「四段をいただいております」

「そうどすか。ならばぜひ」

永徳が手招きした。

松重としては、想像以上に無心になれる草毟《むし》りの作務が、結構気に入っていたのだが、何か裏がありそうなので、そちらに向かうことにした。

連れていかれたのは、昨日も歩いた禅堂の前庭だった。

白砂が敷かれた上で、今日も拳法に励んでいる僧が二十名ほどいた。

「健吾《けんご》、こちらへ、出《で》い。客僧と手合わせしてみなはれ」

永徳がその中からひとりを呼んだ。

肩幅が広く、猪首《いくび》の男だ。腕も太い。二十五歳ぐらいか。

「はじめまして、健吾と申します」

男が合掌をすると、すぐに別の修行僧が、竹刀を二本持ってやってきた。

「手合わせですか？」

松重は永徳に聞いた。最初は運動といっていたではないか。

「はい。日頃は全員で素振りをするだけですが、この健吾はずば抜けて剣術がうまいのだす。だが、この中では相手を出来る者がいない。竹内はんのような有段者が客僧としていらしたときぐらい、手合わせさせてやりたいと思いましてな。どうでっしゃろ。軽くうちあってくれませぬか」

「面も胴もつけずにですか」

「喧嘩《けんか》稽古だと思えばよろしい」

永徳の目がどんより濁りだした。

「つまり無手勝流《むてかつりゅう》でよいということですね」

「はい。世俗の剣道のルールは無視でよろしいどす。禅寺の剣道は魂をぶつけあえばよいのです」

体《てい》のいい扱《しご》きのようだ。

ならば受けて立つしかあるまい。

「竹内です」

松重は竹刀を受け取った。
二、三度、素振りをしてみる。竹刀はやや重く、鋭利に空気を切った。
――この竹刀、鉄芯が入っている。

そう直感した。顔面に受けたら危険だ。

華王拳の正面突きを繰り返していた僧たちが練習を止め、大きな輪になって、健吾と松重を囲んだ。永徳もその輪に並んでいる。

健吾が蹲踞《そんきょ》した。松重も腰を落とす。互いに中段の構えだ。

「はじめっ」

永徳が号令を入れた。

たんっ。

健吾が砂を蹴った。構えを上段に変えている。物凄い速さだ。実際には十五センチほどしか跳躍していないのだろうが、竹刀の先が高く空をさしているので、真正面にいる者にとっては、巨像が立ち上がったように見える。

「めーん」

「くっ」

松重は左に飛び、身を縮めた。その体勢で地面すれすれに竹刀を水平に振る。

目標が素早く動いたことに、舞い降りてくる健吾の目が泳いだ。

拳でも剣でも闘いは速度の勝負だ。

打たれる前に打ったほうが勝つ。

着地する寸前に両脛《すね》を打ってやる。

「えいっ」

「うわっ」

健吾が身体を泳がせた。並みの者ならば、これで前のめりに倒れるところだが、
健吾は踏みとどまっている。

そして、すぐに振り向いた。

白砂が派手に飛び散った。

松重も振り返る。

二ラウンド目に入った。

松重は中段に構えたまま、間合いを取った。健吾も中段に構えたまま、半円を描くように動く。左右の脛が徐々に腫れあがってくるはずだ。

最初の一閃《いっせん》で松重の素早さを知り、迂闊な攻めは墓穴を掘ると学習したようだ。

双眸《そうぼう》に明らかに狼狽《ろうばい》の色が浮かんでいる。

松重は飲んでかかった。

目に力を込め、健吾を睨み続け、正面から絶対に逃さないように、対面したまま同じように円を回る。

絶対に隙を見せない。

ときおり竹刀の先を上下させると、健吾の肩がビクンと揺れた。明らかに松重を恐れている。

さらに半周する。

見守っている永徳と修行僧たちの息遣いまで聞こえるほど、松重の耳は研ぎ澄まされていた。

「ううう」

逃げようがないと悟った健吾が唸《うな》り声を上げ、苦し紛れに、中段の構えのまま突進してきた。

竹刀の先が、松重の咽喉《のど》を狙っている。

松重は首の前で、鍔《つば》と竹刀の尖端《せんたん》を持ち、水平にした。そのまま屈み、こちらも前に出る。

松重の頭上を、健吾の竹刀が突き抜ける。健吾の懐に潜った松重は、そのまま重量挙げのように竹刀を持ち上げた。

「ぐわっ」

横になった竹刀が顎を突き上げる。健吾の顎骨がぐしゃっと折れる音がした。

「うぅううううううううう」

砂の上を転げまわった。

すぐに修行僧が駆け寄り、ふたりがかりで肩を抱いて、禅堂の中へと連れて行った。

目には目をだが、あえて首だけははずしてやった。

「永徳さま、咽喉突きとは、軽い運動には過ぎるかと。こちらも防御させていただきました」

「いやいや申し訳ない。実は健吾は寸止めの達人なんじゃよ。あえてそれを伝えなかったのですが、いや驚きました。健吾がしてやられてしまうとは」

「なぜ、そんなに私を驚かせるようなことをさせたのでしょうか」

松重は竹刀を修行僧に返しながら、冷静に聞いた。

「あなたの自信満々の気持ちを打ち砕くことが必要と考えたからどす。竹内はんは最初に私が見立てた通りのお方だ」

「まさか。私が自信満々なんて」

「いや、あなたは常人とは違う何か信念のようなものを持ってはる。その信念からくる揺らぎのなさが、あなたに堂々とした風格を与えているのです。私にはそれが見えます。しかし、禅を学ぶうえでは、その自信が邪魔になります。人は上には上がいるということも知らなければあきまへん。そのために健吾をぶつけたのですが、いやはや、竹内さんには歯が立たなかった」

「私だって自分よりすごい人間がいることは、よく知っているつもりですよ。いまのは、必死に身を守るために、咄嗟《とっさ》に出たまでです」

松重はわざと不安そうな顔を作った。

「その謙遜も自信の表れだすな」

永徳はぴしゃりといった。

「そうでしょうか。自分ではわかりません」

「ま、時間をかけて答えを出すことどす。とにかく竹内はんの剣道の腕前は凄い。大学では何を教えてはるんですか」

永徳が何気なく聞いてきたが、探るような目つきだ。

「国際政治学です。専門は地政学です」

実在の竹内の専門を伝えた。竹内は本来の所属は外務省だ。ノンキャリアの北朝鮮の主任分析官だが非公表職員である。

真木機関はこういった特殊任務の多くの職員と協力関係を結んでいる。

「そうどすか」

永徳の目がキラリと光った。

「はい。しかしまだまだ研究が足りていません」

「ほう。地政学上では、日本はこれからどうなりますのや。隣国よりも米国に向いているというのは、いかがなもんかと拙僧には見えますが」

「私にもわかりません。もっとも難しい時期にいるとしか」

曖昧に答える。

「そうだすな。難しい時期になりましたな。当院としては高句麗との関係も大切かと考えております。竹内はん、機会があったら宗主も交えてゆっくり話がしたいものだすな」

「高句麗ですか」

現在の韓国と北朝鮮に跨《また》がる地域だ。どちらもさすという意味だろうか。

「はい。仏教の発祥はインドですが、日本への伝来は高句麗を通じてきたというのが当院の解釈です。ですからその源である高句麗を大切にしないと」

中学時代、『ほっとけ、ほっとけ、ゴミ屋さん』と、仏教伝来五三八年を暗記した覚えがあるが、百済の王の使者が、日本に経典を伝えたのではなかったか。花澤真宗にとっては、百済ではまるまる現在の韓国なので都合が悪いということか。

歴史ほど曖昧なものはないので、どうにでも理屈がつけられるものだ。おそらくいいように解釈して、布教しているのだろう。

「もう少し見学していったらよろし」

永徳がポンと手を叩いた。

再び修行僧たちが二列に並んだ。今度は長い朱色の棍棒《こんぼう》を持っている。その棒を気合を入れて突き出した。

強い殺気が漂う。松重は目を見張った。

「華王棒術です。今後は華王拳を全国で道場に展開しようと思っています。禅と拳法は無心になるということで共通しておるんです」

「そうかもしれませんね」

と答えたもののそれはあらたな布教拠点をつくるというようにも聞こえる。布教ではなく、全体主義国家のプロパガンダの拠点ではないかという見方もできる。

激しく棒を突き、振り回す修行僧を見て、一種の軍事訓練のようにも見えた。

とにかく今回は下見だ。

疑われないように、ふるまうことだ。

「これは凄い動きですね。『華王拳』というアクション映画を作ったら、大ブームになりますよ」

口から出まかせをいった。

「ほう、それはええ考えや。さっそく満永宗主に相談しまひょ」

永徳は上機嫌で本堂に向かいだした。

第五章　淫縁の果て

1

夜になった。

尼温院客殿一階にある貴賓室。書院造りの十畳ほどの部屋だ。朱色のぶ厚い布団が敷かれている。

これは、まるで江戸時代の吉原《よしわら》遊郭の花魁《おいらん》部屋か大奥だ。

「雨宮さん、ゆうたな。よろしゅう。わしが満永だす。尼温院へ入れる男はわしだけでな」

満永が入室してきて、床の間を背にして紫色の座布団の上に座った。

その顔を見た瞬間、洋子は吹き出しそうになった。

寺院内のあちこちで見かけた満永の木像は、いかにも禅宗の開祖である達磨大師を模したようなものであったが、実物の満永は達磨というより狸《たぬき》。

土産物屋でよく見るあの信楽焼《しがらきやき》の狸の置物にそっくりなのだ。一升徳利を持った狸だ。

洋子の脳内で、たんたんたぬきの歌が鳴り響き、思わず心中で歌いながら満永の股間に視線を走らせてしまった。

黒衣の下でぶらぶらはしていないようだ。

「こちらこそよろしくお願いいたします」

洋子は作務衣ではなく、白の長襦袢《ながじゅばん》に墨色の着物を着せられ、白頭巾まで被《かぶ》らされていた。

不思議なもので尼僧の恰好《かっこう》をするとその気分になるから不思議だ。部屋の隅に光恵と萬壽が間隔をあけて端座している。

「お伺いしてもよろしいでしょうか」

布団の脇に座ったまま合掌から叉手の姿勢になるなり洋子は聞いた。

「なんじゃな」

「淫相、淫縁とは、そもそもどういったものなのでしょうか」

今後のために一応聞いておきたかった。

この男の口車に乗って入信してしまう女性たちの心理の解明に役立てたい。

「禅問答同様、論理的な説明はありませんね。信心とはまさに、私のやること、話すことを信じるか、信じないか、ということだす。雨宮さんは手相をみてもらったことはありますか」

「はい」

「同じです。手を見るか女陰を見るかの違いです」

満永は実に淡々という。

「ならば宗主は、男性の陰茎も見るのでしょうか」

自分は官僚である。理路を整然とさせるのが任務である。

「いや、陰茎は、そこにおる光恵総取締役が、女力を使ってみる。そこにいる萬壽もいま修行中だ。女陰は男力で見る。陰茎は女力で見る、というのが花澤真宗の流儀だと思っていただきたい」

満永が光恵に流し目を送った。洋子の位置からでは、光恵や萬壽の表情は見えないが、ふたりが陰茎をしげしげと眺めている様子を思い浮かべ、自分の部下たちならばむしろ喜んで、ズボンを下ろすのではないかと、憎たらしく思った。

最近は何事においても中間層への配慮が必要で、男でも女でもない人々の場合はどうするのか、と問いたかったが止《や》めた。

何とでも理由がつくのが宗教というものだ。

「承知しました」

洋子が引き下がると、満永は『では』と布団の上を指さした。横になれ、というふうに指をさしている。

――見せるのか……。

顔が引きつるのを感じながら、布団の上に仰向《あおむ》けになった。

満永が蒲団の裾側に座り直した。手にハンドライトを握っている。

――あれで照らすのか？

想像しただけで、頭に血が上り、くらくらしてきた。

貫通の経験はあるが、他人に股間をじっくり覗《のぞ》かせたことなどない。前日に光恵に剃毛されたときがおそらく初めてだ。

「ご自分で裾を割ってください」

廊下へつながる襖《ふすま》の前に座っていた光恵から声がかかった。

「あっ、はい……」

そう答えたものの、これは恥ずかしすぎる。すぐには心の準備が出来ず、洋子は薄い着物の前身頃の縁をにぎったまま、しばらく唇を震わせた。

秘部を覗かせるためにここに来ているのだから、部屋の照明は煌々《こうこう》としている。その真下で、いままさに女の中心部を開陳しようとしているのだ。

恥ずかしすぎる。

満永はひとこともいわず、じっと洋子の股間周辺を凝視している。

威圧もしないが『ではやめよう』ともいい出さない。一切の判断を洋子に委ねているのだ。

覚悟の開陳だ。

洋子はきつく目を瞑《つぶ》り、着物の裾をハラリと捲《めく》った。白い絹の長襦袢が現れたが、それも捲る。

「ほう。光恵総取締役、きれいに剃《そ》ったな。見事な丘だ」

満永の声がする。

「ありがとうございます」

光恵の声だ。

「雨宮さん、足を左右に広げ、膝を立ててください。宗主は、ご自分では開きません」

萬壽の声がした。

――ぇぇぇえっ。そうなの。自分でやるの。

辱めの追い打ちのような言葉に、洋子は徐々に正気ではいられなくなった。

「ぁあ」

嗚咽《おえつ》とも嘆息ともつかない声を上げ、けれども、一方では、もうここまで来たのだから、見てもらわないことには収まりがつかないという、淫らがましい気持ちも芽生え、洋子は膝を立て、おずおずと太腿《ふともも》を開いた。

ねちっと粘膜ごと開く音がする。

潜入捜査の任務の末のM字開脚に、内腿がふるふると震える。

「おぉ、美しい薔薇《ばら》の花のようじゃのう」

満永の上半身が開いた両脚の間に割り込んできて、生温かい吐息や鼻息に女陰が吹かれ、そこがいかに湿っているのかを悟らされる。

「煩悩なのはわかっていますが、恥ずかしいです」

蚊の鳴くような声になっていた。

そこにぱっとハンドライトが当てられた。赤味を増した肉の隅々までを覗かれると思うと、すべての思考が崩壊して、早くこの状況が終わってくれることだけを願う。

他の女たちも同じだったのではないか。

「ぁあっ」

ハンドライトから放たれる微熱がそこかしこに移動するのだが、その動きがなんとも指の感触のような錯覚となり、知らず知らずのうちに腰が浮き上がってしまう。

「これは、男運がなさそうじゃな」

満永がぼつりといった。

「えっ？」

「ご先祖の数人が不倫をしておった。それも遠い祖先ではない、だいたい二百年ぐらい前じゃな。文化文政《ぶんかぶんせい》の頃じゃ。先祖は武士か、あるいは商人の男じゃな。その方が友人の女房と出来ていた。それが、ずっと重しになっておるのだ。不倫相手の女房の恨みじゃ。これを断たんとならぬ」

満永の片方の目が、秘孔の真上に来ていた。秘孔をじっと覗かれていると思うと、肉層がヒクつき、とろ蜜がどんどんわきあがってしまう。

頭ではけっして欲していないのに、肉層や女芽《めめ》が勝手に刺激を求めて、腰がどんどんせりあがってくる。

――いやっ。困った。

それを見透かしたように、満永が聞いてきた。

「ちょっと花を開いてもよいかのう?」

「えっ、はっ、はい」

ついうっかり、流れでそう答えてしまう。

満永の左右の大きな親指が伸びてきて、ヌルヌルした花びらをぐっと押し広げた。小陰唇が最大限に開かれるというのは、女の身体《からだ》が全部広げられてしまうようなものだ。

「あぁあああ」

洋子は訳もなく声をあげた。

快感とか不快とかいうのを通り越して、これはいきなり真っ裸で外に連れ出されたような感覚で、脳がパニックを起こしているのだ。

「サネも見たいのじゃが、皮を剝《む》いてもいいかね。ここに開運の秘訣《ひけつ》がありそうだ」

こちらの心境などお構いなしに、満永は女が隠している急所をすべて暴こうとしてくる。しかも必ず確認の言葉を掛けてくるのだ。

花をすっかり開かれている状況で断れるものではない。

「あっ、はい……」

絶対に拒否すべきポイントであるはずなのに、洋子は承諾してしまった。こんな状況に慣れていないのだ。

処女ではないものの、洋子は合意の性行為を知らないのだ。処女を失ったのも、その後の経験も、すべて捜査中の事故挿入のようなものだった。

だから、男にいちいち、花を開きたいだの、皮を剝きたいだのいい出されても、正直恥ずかしすぎて、答えようがない。

ただただ早く終わって欲しいと願うばかりだ。

「うむ」

満永は一呼吸置き、女の急所中の急所である突起の皮をずるっと剝いてきた。

「んはっ」

脳の中で何かが一回転するような複雑な快感に襲われた。

「これは、いかんっ。男を近寄らせない相がありありと見える。雨宮さん、あんた男運がないやろ」

図星ではあるが、それで困っているわけではない。

「ないのは、ないですが……」

「それみなさい。まぁ待て、もうちょい見てやる。摩擦すると色素が変わる。それでこれから行くべき道の方向がわかる」

満永が、ずるっ、ずるっと皮を上下させた。まさかそんなことはあるまい、と思うのだが、どんな結果が出るのか聞いてみたい気もする。

人は、とくに都合のよい占いは聞きたくなるものだ。

ずるっ、ずるっ。

皮の上げ下げのテンポが徐々に速くなった。それにつれて、疼《うず》くような快感がどんどん鋭敏になってくる。

そんなわけはないのだが、尖《とが》りが硬度を最大限に増し、しゅっ、と何かが飛び出しそうな気配だ。

「んんんんっ」

洋子は、ヒップを高くせり上げた。よくわからないのだが、絶頂が来そうなのだ。こんな感覚を持ったのは初めてだ。

――もうだめかも。もっと擦《こす》って！

そう叫びたくて、懸命に歯を食いしばっているところで、満永が指を止めた。

「いやはや、雨宮さんの未来は紅《あか》く燃えている。これは大きな火災に遭うぞ」

あてずっぽうに違いない。

だが、そういわれると、そんな気になってしまうのが人情というものだ。

その災難を告げるように身体の芯が疼き、ぼうぼうと全身に火の手が回っていくようなのだ。

「これはわしと性交するのが一番じゃな。仏の水を注いで、燃え盛る火を消してしまうと未来は安泰となると出ている。その後は、よき伴侶を得て、生涯穏やかな暮らしが出来るようになるであろう」

いいながら満永は、剝きだした肉芽の根元だけをぎゅっと押さえてくる。

「んんんん」

尖端《せんたん》をどうにかして欲しくて、気が狂いそうになる。膣《ちつ》の肉層が一気に窄《すぼ》まった。

「どうなん、ええのんか。わしがハメてやろか」

――いやっ、それは絶対いやっ。

という言葉が、喉元まで出かかっている。

けれども、それより先に、女陰そのものを、満永の手にグイグイと押し付けていた。

「そうか、ええのんやな、ええということだな。入れるで、入れてええのやな」

どういうわけか、満永のぎょろ目が、この瞬間ばかりはとても愛嬌があるように見えた。

狸のような図体の満永だが、そこからの動きは速かった。

黒衣の裾を開き、擂《す》りこぎ棒のような男根を取り出すと、一気に着物の裾を背中まで端折《はしょ》った。狸の〇〇〇〇がぶらぶらしていた。大きな皺袋《しわ》だ。これは愛嬌があった。

「光恵、萬壽。介錯《かいしゃく》せぇ」

満永が部屋の隅に座っていた尼僧ふたりを呼び寄せる。

「よし。性交《まじわり》じゃ。光恵、わしの玉を清めろ。萬壽は雨宮さんの襟を開いて」

「はい」

と光恵が、蹲踞《そんきょ》の姿勢の満永の背後に廻《まわ》り、仰向けになって、股間に顔を潜り込ませた。その恰好で満永の皺玉を舌でべろべろ舐《な》め始める。

「おうっ、ええな」

満永の肉茎が舐められるほどに、ビクンビクンと跳ね上がる。肉茎がこちらを見据えてきた。

濡《ぬ》れた亀頭は、満永の禿頭《とくとう》をミニチュアにしたような感じだった。

同時に、萬壽の手によって乳房が取り出される。乳暈《にゅううん》を軽く撫でられた。ソフトタッチだ。

「ふはっ」

おのずと腰を捻《ひね》り、胸がせり出す。

「おうおう、乳首が尖ってええな。どうれ」

満永が、ぶ厚い唇を舌で舐めたかと思うと、ちゅぱっと右の乳首に吸いついてきた。

吸盤のように乳首を口の中に引っ張り込み、伸びた乳首の尖端を舌先でベロベロ舐めてきた。生温かい舌と涎《よだれ》の感触に乳首が蕩《とろ》けてしまいそうだ。

「いやぁあああ、いやぁ〜。ごめんなさい、もういいです。無理です。止めてください」

これ以上、満永にいろいろされたら、自分を完全に見失ってしまいそうで、洋子はここで、すっぱり拒否の意思を伝えた。

「えっ、なんにも聞こえんなぁ。萬壽、たぶん雨宮さんは、わしの顔が見えん方がよろしいんや。視界を塞いで差し上げなさい」

いやそういうことではないのだが。

「宗主、紅い布で目隠しでよろしおすか」

萬壽が帯の下から端切れを抜き出している。

「ちゃうねん。ほらおまさんが、奥の院で祇園の雪路さんにされたこととしてあげたら、ええんや」

それはどういうものだ？

と思う間もなく、ぱっと着物の裾を捲った萬壽が、洋子の顔に跨ってきた。形のよい白い尻が舞いおりてくる。尻というより眼前に迫ってきているのは萬壽のま×こだ。

「えっ、嘘っ」

ぐしゃっと顔の上に、餅のような尻が乗り、眼は尻山に覆われ、鼻孔と口はぬるぬるとしたものに塞がれた。

「んぐ。くはっ」

息苦しくて顔を左右に振る。すると、萬壽が、

「ああん。鼻の頭で女芽子《めめこ》を擦らないでください。お尻があがってしまいます」

と上擦った声を上げた。

「萬壽も修行が足らんな。無心になれ」

満永が叱咤《しった》した。

「はい」

と萬壽が尻をぴったり押し付けてくる。

洋子は顔を横向きにして、どうにか息継ぎの出来る空間をえた。

「ほな、ざぶんと入りまひょか」

満永の肉鯰《にくなまず》の頭が秘孔の入り口に、潜り込んできた。

——あわわわ。おおきい。ムリ、ムリ。私、三人しか経験していない。

押し込まれた亀頭は洋子史上、間違いなく過去最大級の大きさで、拳骨でも入って来たのではないかと、自らも大きく股を広げた。そうしないと、受け容《い》れきれないのだ。

「おうおう狭い、狭い。これは男を知らん身体やな。やっぱりそうやろ、あんたはこれまで男と縁がなかったんとちゃうか。淫相は嘘つかんよ。おぉ、奥に進むほど狭いなぁ」

満永が腰を送ってきた。肉笠が、柔肉を押し広げ、続いて円筒状の棹《さお》がめり込んでくる。

「ふはっ」

とうとうずんぐりした亀頭が子宮にまで到達した。存在感のある肉茎だった。

貫かれた感は半端なく、洋子として初めて性交の実感を得ることになった。

「膣が、なんやまだ硬いな。膣はその女性の性格を表すともいう。あんたまだ人として練れておらんのや」

満永が勝手なことをいう。余計なお世話だし、この男に練られたいとは思わない。

だが、その一方で男根に貼りついた膣肉からはひしひしと快美感が伝わってきて離れがたいものを感じてしまう。

憎たらしい坊主だ。

「南無、満湖開陳、蜜壇溢流、満射極楽、南無満願、成仏」

満永は経を唱えながらいよいよ本格的に肉棒を動かし始めた。何のことかさっぱりわからぬが、脳にやたら猥褻《わいせつ》な像を浮かばせる経だ。

経の通り膣壺の中でだんだんとろ蜜が溢《あふ》れ、尋常ではない快感が押し寄せてくる。出し入れされるたびに脳が歓喜に痺《しび》れ、現実から心が離れていくのだ。

セックスは麻薬のようだ。

「はうっ」

「どうやどうや。ええのんか。もうすぐ消火してやるさかいにな」

そういうと満永がラストスパートとばかりに、ハイピッチで肉を擦り立ててきた。

「んんんんっ、もうだめです！」

性感のレベルが一足飛びに、マックスまで押しやられた。

「あぁあああああああああ」

洋子は満永の背中に手を回しながら絶叫した。萬壽の尻で真っ暗闇にされた視界に、突如、阿弥陀如来が輝いたような幻影を見た。

このくそ坊主に感極まらされるとは、なんという不覚。

「おぉおおおおっ、出るっ。仏水や。悪淫消滅の仏水や」

嘘でも本当でもどっちでもいいから、早く出して！

先に頂点を見てしまい、正気を取り戻した洋子は、さっさと払い除《の》けたかった。

最後の辛抱だ。

「うひゃ」

突如、子宮に熱い波がかかった。亀頭がしゃっくりをしているように、何度も上下し、一波、二波と分かれて飛んでくる。

「おおっ。萬壽もうよい。雨宮さんの顔を見せてくれ」

「はい」

満永の声に、萬壽が尻を上げた。押さえている方も感じていたことを物語るように萬壽のピンクの亀裂は膠《にかわ》でも塗ったかのようにベトベトに濡れていた。

美尻が退くと、狸の顔が現れた。

「雨宮さん、あんたほんまに信心深いなぁ。仏水まできちんと受けたんやから、必ず御利益があるで。これからは男運がよくなるやろ」

そこで、ようやく満永は肉の欲棒を引き抜いた。抜いてもなおブルンブルンと震えている。湯気が上がっているようだった。

この間、ずっと皺玉を舐めていたのか、満永の尻の下から顔を引き抜いた光恵が口の周りを懐紙で拭いていた。

「ふう……」

洋子は身体から芯棒が抜けてしまったような寂寥感《せきりょうかん》が残った。不思議な感覚だ。

「どうや。ちょっとまん中が寂しいやろ」

憎たらしいほど絶妙なタイミングで聞かれた。考えてみればセックスの直後なのだから当たり前のことだ。

「はい、たしかに」

相手の望む答えをいう。

「一回だけで、法力《ほうりき》が永遠に続くわけではない」

満永が狡賢《ずるがしこ》そうな目を向けてくる。そのたびにここにきて性交をしろとでもいう気だろうか。

「そういう場合は、また宗主と？」

洋子は二度と交わる気はないが、出来るだけ温和な表情を作って聞いた。

「あのな、わしは一回こっきりしかできひんのや。宗主と尼僧総取締役は、性交によって法力を与えることが出来るのだが、これは同じものに二度はできんことになっておる。初代満永が法力を授かったときに、そう天の声を受けたそうだ」

満永が唇を舐めながらいった。

――それはよかった。

洋子は胸底で安堵《あんど》した。

「だが、それでは効力が失われてきたときに、また淫縁による禍《わざわい》が復活してしまう」

いよいよ詐欺の口説に入ってきたようだ。

「はい」

洋子はもっともだというふうに頷いた。

「そこで、いいものがあるんじゃ。萬壽。りん棒を」

「はい」

満永にいわれた萬壽が、恭しく桐《きり》箱を持ってきた。

「花澤真宗特製六寸りん棒じゃ」

蓋を開けると朱塗りのけばけばしいりん棒が覗けた。把手《とって》の部分に白い革を巻いてあるので、紅白でめでたくもあるが。

手に取って眺めた。

「りん棒にしてはすいぶん尖端がずんぐりしていて太いですね」

「せや。そこに入れたらフィットするように出来ておる。『満永りん棒』といってな、わしのサイズになっておる。しかも内蔵電池で動く」

いいながらニタニタ笑う満永だが、その額に『たわけ!』とりん棒を打ち込んでやりたくなる。洋子はその衝動を懸命に抑えた。

「御利益ありそうですね」

りん棒の亀頭部分を手のひらで撫でまわしながら微笑した。

「特別に五十万円や。どないどす？」

満永が猫撫で声を出した。

――出た！

洋子は思わず膝を叩《たた》きたくなったが、その衝動を抑えた。

「五十万円ですか」

官房機密費で買えるのだが、ここはかなり逡巡《しゅんじゅん》してみせる場面だろう。何度もため息をついてみる。

光恵が口を挟んできた。

「本当なら百万円です。失恋したり、ご主人を失うような男運が急に落ちてしまった女性信徒さん方は、これを使って気持ちに踏ん切りをつけたりしているそうです」

その横で萬壽も大きく頷いた。

いやいや、それはまったく違う用途だろう。運とは無関係な、ただの性欲だろうに。

「おりんを叩くだけでも御利益はあるのですか」

洋子はいちおう興味のある体《てい》を装った。

「はい。ただし叩くおりんは『満永おりん』でなければ御利益は出ません。おりんの方は二百万から一千万までありますが、そちらも併せて購入なさいますか」

光恵がさらに踏み込んできた。床の間の脇の文箱《ふばこ》からパンフレットを取り出して来た。

「いやいや、私にはそんな高額なおりんを買う余裕はありません。りん棒の五十万円でも、即答は出来かねます。淫縁についても、今回の体験ツアーで初めて知ったわけですから、ツアー料金以外の出費は考えていませんでした」

これが常識的な回答だと思う。

「さよか。支払いはすぐでなくてもええよ。期間は何ともいえへんけど、調子の波が落ちたなと思ったときに購入したらよろし。そのときは百万円になってしまうが、それはそれでええねん。ごり押しせん。うちらは商人《あきんど》とちゃいます。信心の上でお話ししとります。信じようと思ったときに購入したらええんです」

満永が話を引き取った。

詐欺師としては超一流である。相手の心理状態とこれまでの経験値から、ごり押しをしないほうが得策だと結論を出している。

一流の詐欺師はターゲットを『育成』する。

肝心なのは『調子の波』は必ず落ちるときがくるということだ。

一度今夜のような経験をさせてしまえば、その人の記憶にはりん棒やおりんへの期待感がずっと残る。

ある日、不安に駆られた客が再びこの寺を訪れる。そのときが本当の勝負をかける日となるわけだ。

手口がわかったところで、洋子はジャブを出すことにした。

「りん棒は、カードでも買えますか?」

「もちろんどす」

満永の顔がぱっと輝いた。

「それでは、今回はりん棒だけ、いただいていきます」

「わかりました。そしたら、わしが御利益倍増の経を唱えたうえで、お帰りの日にお引渡しいたします。お支払いはツアーのオプション料金として旅行社さんにお支払いください。宝物購入ということになります」

満永が両手を大きく開いて合掌した。

話は、ここまでということだ。

洋子も合掌した。

カラクリの一端がさらに見えた。

名のある旅行会社が間に入ることによって、霊感商法に見えにくくなっているのだ。そしてその旅行会社も手数料収入が増えることになる。

知恵をだしているのは、グループ会社である広告代理店であろう。

翌日も、洋子は禅と作務にいそしみ、尼温院の状況を探った。

四日目の朝の体験ツアーを終え、華岡寺へと戻り、松重と合流した。

ツアーバスで下山し京都駅烏丸口で他の参加者と解散となった。

「霊感商法のカラクリがわかったわ」

タクシー乗り場へ向かう道すがら洋子は伝えた。

「こちらは、武装集団が準備されていることがわかった」

松重も核心を摑《つか》んだようだ。

これ以上の会話は河原町のオフィスに戻ってすべきだろう。ふたりとも押し黙った。

タクシーに乗ると運転手がルームミラーを眺めながらいった。

「どちらのお寺さんまで？」

ふたりそろって、つるつる坊主になっていたことを忘れていた。思えば四日ぶりの『この世』だ。髪の毛の生えた人々を奇異に感じたほどだ。

マインドコントロールなど案外簡単にできるものなのではないか。そんな思いを強くした三泊四日の体験ツアーだった。

2

「岡崎君、どうかね。花澤満永氏に紫綬《しじゅ》褒章を出せんかね」

祇園の茶屋『岩野』の座敷。

京都府警公安部参事官、松平浩平《こうへい》が、猪口《ちょこ》に日本酒を注《つ》ぎながら、そういってきた。

首席の真木と次席の松重が北山の『華岡寺』から戻って来た日の夜のことだ。

座敷の窓から、おぼろ月夜が浮かんでいるのが見えた。

——釣りあがった。

岡崎雄三は内心ほくそえんだ。

朝野波留が後輩と共に、四条通で出会った京都府警の警視正を特定することは苦もなく出来た。

警察官は全国に二十六万人いるが、その中で警視正と警視長の階級者は、千四百人ほどしかいない。

多くがキャリアか準キャリアだ。

たとえノンキャリアが警視正にたどり着いたとしてもそれは五十代半ばというのが相場で、じきに定年退職してしまう。

絞り込みは簡単だった。

キャリアの大半は警察庁か警視庁におり、現在、地方に出向している警視正、警視長は六百人弱だった。

その中からさらに京都府警に絞り込むと、松平という苗字はひとりしかいなかった。

松平浩平。京都府警公安部参事官。階級は警視正だ。

岡崎も八年前までは警視庁の公安部外事二課に勤務していたが、四期上の松平とは面識がなかった。松平は警察庁公安局《ほんちょう》で主に長官や局長の国会答弁の作成に携わっていたエリート中のエリートであった。岡崎は八年前に新宿七分署に出向し、現在は内閣府賞勲局に転属している。一方松平は五年前に京都府警の公安部に参事官として出向していたので、出会う機会がなかった。

ただし同じ公安のキャリアと判明したため、接触は容易《たやす》かった。

調査対象者《マルタイ》が古巣の公安の、しかも先輩警視正となれば、戸惑いもあるがいまは自分は真木機関の所属である。罠《わな》を仕掛けて接触するのが任務だ。

一週間前。

『勲章・褒章』を餌に、岡崎は松平に接触した。

『自分は現在、内閣府の賞勲局に出向しています。叙勲叙章に関して京都府警管区でどなたか推薦したい方があれば、ぜひお願いします。勲章の方は、まぁだいたい役所から順番にあがってくるのですが、褒章は民間対象なので幅広く声を集めております』

意味ありげにそう吹き込むだけでよかった。

松平はにやりと笑い、今夜の会食をセッティングしてきたのだ。

「花澤真宗の宗主ですか」

あまりにも予想通りの名前が出てきたので、岡崎は笑いを堪《こら》えた。

真木洋子の見立てがやはり当たっていたようだ。置屋と舞妓のトラブルに偶然通りかかったキャリアが関わるなど、話が出来過ぎていると見立てたのだ。

「そう。僕は満永さんとは親しくしていてね。禅を通じて京都文化を知らしめる功績は大きいと思う」

　紫綬褒章は、科学研究、スポーツ芸術文化において著しく貢献した個人・団体に贈られる褒章である。その判断はなかなか難しい。

　ふたりきりの席であった。

　中庭を挟んだ向こう側の座敷から三味線の音が流れてくる。

「二十年ほど前に霊感商法の疑いで騒がれましたが、そこらへんは？」

　マスコミが騒いだ事件なので、普通は推挙しにくい対象者である。

「結局、証拠不十分で、刑事事件としては立件していないじゃないか。民事裁判ではすべて和解が成立している。ようは仏具の価格が高額過ぎるというのだけが争点だった。寺側は訴訟相手に対して、全額ではないにしろ返金に応じている。問題ないだろう」

　松平は擁護している。

「賞勲局の他のメンバーを説得するには、もうすこし合理的な説明が必要になります。紺綬《こんじゅ》褒章であれば、個人で五百万円、団体で一千万円以上の寄付で、ほぼ自動的に申請できますが……」

「それでは、金で褒章を買ったといわれかねない。紫綬か藍綬《らんじゅ》で頼みたい」

松平の推しはなかなか強力だ。藍綬褒章は、産業振興に貢献したなど定義が最も広く、それゆえに対象者が最も多い褒章だ。

「藍綬では余計難しいと思います。宗教なので産業振興ともいいづらいです。学校とかやっていればまた別ですが」

岡崎はのらりくらりと会話を進めた。

「岡崎君ね。僕は花澤真宗に対して、二十年前、警察は勇み足の捜査をしてしまったと思っている。霊感商法といっても、あくまで当事者間の金銭トラブルに過ぎないのに当時の警察は、脅迫容疑で家宅捜索と宗主並びに幹部の事情聴取をした。結果は脅迫の証拠は上がらなかった。だが寺がこのとき受けたダメージは大きすぎた」

以後花澤真宗といえば必ず霊感商法の冠がつくようになったのは事実だ。

「イメージを落とさせてしまったので、イメージアップに繋《つな》がる褒章をだしたいと？」

岡崎は念を押すように訊《き》いた。

「それだけじゃない。満永氏は民自党議員の選挙となれば、必ずボランティアを出して応援してくれている」

松平が力説した。

そのボランティアが議員を操りだしているのを松平も知っているはずだが、ここまで擁護することに岡崎も違和感を覚えた。

背景は何だ？

「わかりました。花澤満永氏に紫綬褒章が出るよう、作業に入ります。秋の褒章に間に合わせますよ」

岡崎は公安用語を使った。作業とは裏工作を意味するのだ。

「きみの作業を、僕は高く評価する。きみのような優秀な人材は、そろそろ警視庁に戻るべきではないかね。転属の労なら僕が取るよ。人事一部《ヒトイチ》には人脈がある」

松平は交換条件《バーター》をちらつかせてきた。なんとしてもこの件をまとめたいという意思の表れだ。

「恐縮です。ですが、賞勲局への出向も気に入ってます。この部局にも公安はいたほうがいいんです。こうしてお役に立てることもありますから」

叙勲や叙章が工作の一環であるような印象を持たせるためにいった。より多くの情報を集めるためだ。

松平の頬が緩むのがわかった。

「なるほど、それも作業であったか。ならば岡崎君にぜひ紹介したい人物がいる。北急エージェンシーの京都支社長だ。今夜のこの席も実は彼がセットしてくれたのさ。こんな話は、祇園のような隔離された場所でしか出来ないが、われわれのような公務員ではどうにもならない」

「そうですね。大手広告代理店の京都支社長となれば、使い勝手がよろしいでしょうな」

岡崎は、自分もそういう手配師が欲しいという顔をした。

「加橋正則という。今夜もこの『岩野』にいるはずだ。よし、今すぐ引き合わせてやろう。岡崎君ならば、我々の仲間として歓迎する」

松平がいきなり立ちあがった。岡崎を使えると踏んだようだ。

やはり内閣府賞勲局というカバーは、人と接触するのに好都合なポジションだ。

真木洋子の駒の配置の仕方は絶妙だ。

3

三味や太鼓の音がする中、仲居に案内され『岩野』の廊下を進んだ。祇園の茶屋は、客同士が顔を合わせないように入り組んだつくりになっているそうだ。

何度も角を曲がって、離れのような位置にある座敷に上がった。

「これはこれは、松平さん、いらっしゃい」

仲居が襖を開けるなり、背中を向けて酌をしていた芸妓《げいこ》が振り返っていう。おっとりした振る舞いだが、反射的に岡崎に向けた視線は射るような鋭さで、驚かされた。

「おぉ、梨絵ちゃんか、相変わらず色っぽいな。お邪魔するよ」

松平はいかにも祇園に精通しているような振る舞いだ。

梨絵のその向こう側、床の間を背にスーツ姿の細身の男と、僧衣を纏《まと》った狸顔の男が並んで座っている。

「加橋さんと満永宗主に紹介したい後輩がおりまして、合流させていただきました。無粋ですみません」

松平は片手を上げながら座敷へと進む。

すでに新たな膳がふたり分、用意されていた。満永までがいるとは聞かされていなかった。嵌《は》められたようだが、逆に一気に探りが入れられそうで好都合だ。

「後輩というと警察庁の方ですか？」

加橋は如才ないビジネスマン風で、穏やかな視線を向けてきた。その一方で、芸妓の梨絵が値踏みするような目で見つめてくるのが、気に入らなかった。

祇園の敷居の高さを強調するような眼だ。

「こちらは岡崎雄三君といいます。私と同じ公安畑ですが、現在は内閣府に出向しております」

まずは松平が紹介してくれた。

「内閣府というと、これまた政権の中枢ですね。公安から内閣府出向といったら、国を裏から動かしているのと違いますか。そんな方とお近づきになれるなんて、こちらの方こそ光栄ですよ」

加橋が懐に手を入れ、名刺入れを取り出した。ブランド物のいかにも高価そうな名刺入れだ。

岡崎は慌てて、胸ポケットに差し込んであった名刺を抜き、先に差し出した。

「いやいや、自分は中枢ではなく、脇役ポストでして。それも主な任務は取次でして」

いいながら渡す。

加橋の視線がしばらく渡した名刺の上で止まった。すぐには合点がいかないようすだ。

「この賞勲局というのは？」

「はい、毎年春と秋に勲章と褒章を出す部局です。一年中リスト作成をしているような地味な仕事ですよ。ここにいる松平先輩のように公安の第一線にいるわけではありません」

あえて謙遜した。

加橋と満永があんぐり口を開けて顔を見合った。ふたりとも嬉《うれ》しさで笑みが零《こぼ》れそうなのを必死で押さえているようだ。

「勲章ってどんな人が貰《もら》えるんどす？」

梨絵が腰を捻って聞いてきた。

「勲章はだいたい七十歳以上の政治家とか公務員ですよ。総理大臣で、顕著な功績があったら大勲位とか。まぁだいたい現役の頃の役職で勲章の位が決まっています。たとえば公立の学校の校長先生を勤め上げて七十歳まで生きていたら、たいてい小さな勲章を貰えます。褒章の方はおもに民間人が対象で、公共への貢献というのが基準です。それぞれの分野でいろいろあります」

大雑把に教える。

実際、判断基準は曖昧で、批判があるのも事実だ。

「それって、賞金どのぐらいどすか」

「賞金はないんです。勲章と褒章をお渡しするだけです」

賞金があると思っている者は多少なりともいる。

「なんやぁ。ピンバッジみたいなんひとつだけかぁ。それなら文学賞なんかのほうがよっぽどええんと違いますか。五百万もくれる賞もありますえぇ」

「そりゃ、そっちの方がいいと思います。ピンバッジよりキャッシュでしょう」

岡崎も答えた。まるで掛け合い漫才だ。

「いやいや、そのピンバッジを欲しがる人はたくさんいます。一度選考の基準などをご教授願いたい」

加橋が胡坐《あぐら》から正座に変えて、名刺を差し出してきた。

『北急エージェンシー京都支社　支社長　加橋正則』とあった。

「とんでもございません。自分こそ皆さんのような粋人の方に京都の仕来りをご教授願えたら光栄です」

婉曲《えんきょく》に祇園で奢《おご》れといってやる。

「この岡崎君が、満永さんの紫綬褒章に向けて動きます。秋にはめでたいことになるでしょう」

松平がまるで岡崎を動かしているような調子でいった。

「ほんまか！」

満永が一気に身を乗り出してきた。

「はい、松平先輩が強く推挙されましたので、確実に根回しするつもりです。なんといっても将来の長官候補ですから」

岡崎は松平を立てた。持ち上げられて不快になる者はそうそういない。

「なんの、松平浩平は、わしらが総理大臣にまでもっていきまっせ。選挙は、花澤真宗が裏で全面プッシュし、イメージ戦略は北急エージェンシーさんが展開する。松平はん、あんたはやく政界に打って出なはれ」

満永がそう発破《はっぱ》をかけた。そういう未来設計図があったとは驚きだ。

「そうですね。そろそろかもしれませんね」

と松平は言葉を濁した。

「せやせや、京都から出たらええ」

満永がけしかけている。

松平の野望はここにあったといえる。世襲議員と異なり、地盤も資金もない男が政界に打って出るのは、強力な支援者が必要だ。

花澤真宗と北急エージェンシーがバックにつくと強力だ。

「国際的にも『高句麗連邦』の支援をいただけますか」

松平がいった。

高句麗連邦？

なんだそれは？

「もちろんだ」

満永が頷いた。

「ならば、次期衆議院選挙には、まずは無所属で立ち、当選後、民自党入りしたく思います」

「応援するぞ」

構図が見えてきた。

松平の背後には花澤真宗と北急エージェンシーが付き、その代わりにさまざまな国家利権にこのふたつの組織を食い込ませる気だ。

さしずめ、満永の紫綬褒章はその伏線で、花澤真宗や華岡寺のイメージアップが出来れば、集金集票システムに箔《はく》がつくことになる。

北急エージェンシーは褒章を餌に、クライアント獲得に動けるというものだ。

こいつらは、ただの利権屋ではなく、国家そのものを食い物にしようとしているのではないか。

紐解《ひもと》く鍵は『高句麗連邦』にあるようだ。

すぐに洗い出したい。岡崎は腕に巻いてある透明テープを覗いた。

河原町のオフィスで聞いている相川が、すぐに調べに入るはずだ。

「ときに加橋さん。うちの永徳が映画を作ったらどうやといい出しましてね。『華王拳』の訓練を見ていた客僧が何気にいっていたそうですがね。どないでっしゃろ」

唐突に満永がいい出した。

それは昨日まで、華岡寺にいた松重が吹き込んだものだろう。岡崎は相川が車の中で受信していた音声録音を再生して聞いている。

「それはいいですな。かつての香港カンフーのようなブームが作れるかも知れない。やりましょう。すぐに企画書を上げて具体化します」

加橋が親指を立てた。

この音声、真木も聞いているだろうか。聞いていたら工作の機会はここだと判断することだろう。

「すごく面白そうですね。秋に公開できませんかね。映画のエグゼクティブプロデューサーが花澤満永さんということになれば、紫綬褒章の輝きも一層となりましょう」

岡崎はけしかけた。

急がせた方が、付け込みやすくなる。

「うちも映画に出演したいわぁ」

と梨絵がしなを作った。

「出たらええ。わしがプロデューサーやからどうにでもなるわい」

満永が胸を叩いた。

「ほな、岡崎はんに京舞でも見せまひょか」

梨絵が立ち上がる。

「せやせや、野暮な話はもう終わりや、舞妓も呼んで岡崎はんにも楽しんでもらいまひょ」

満永がパンパンと手を叩くと、隣の部屋との境の襖が開いて、金屏風《きんびょうぶ》が現れた。

上手に座っている地方の姐さんふたりが三味を引くと梨絵が立ち上がった。

舞妓がふたり現れる。

「おう、七海に佳代やないか。ふたりともうちの美坊主たちに淫気抜きしてもろたそうやな」

満永が卑猥な笑いを浮かべた。

「いけずどすなぁ。そないなこと、お座敷ではいわんといてください」

ひとりが拗《す》ねたように振袖を振るう。大人びた目だった。

祇園の夜が始まった。岡崎は梨絵の舞いに見惚《みと》れた。

小唄『四条の橋』だという。

「珍しいなぁ、梨絵姐さんが小唄で舞うなんてな」

隣に座った舞妓同士がそういっている。

「いつもとは違うのかい？」

岡崎は聞いた。

「へぇ、いつもは常磐津からやります」

七海が答えた。

なにか意味があるのかも知れぬが、地方がうたう内容など聞きとれない。ただし、この芸妓についても調べを入れる必要があるかも知れない。

それにしても尻のラインが美しい。

岡崎はしばし任務を忘れて梨絵の舞いに酔った。

第六章　京都大炎上

1

梅雨が近いのか、京都の町もやたらと蒸す日が続く。

「総理の許可がでたので、やっつけちゃうわよ」

真木洋子は捜査員一同を集めて、そう宣言した。河原町の隠れオフィスだ。捜査員が全員、窓際の円卓テーブルについていた。手元にタブレットを置きながらのミーティングとなった。

鴨川の匂いが風に乗って流れてくる。

「首席、祇園南署の井沢淳子を捜査員に入れてくれませんか」

朝野波留が、いきなりそう申し出てきた。

「あの生活安全係の人身安全担当係の刑事？」

洋子が京都入りした直後に、祇園の様子や京都府警の松平と出くわした場面について教えてくれた子だ。

「そうなんです。人身安全担当に配属されたばかりだったというのに、セクハラから逃亡した舞妓を救えなかったのが悔しいと、自分ひとりで、尼温院に乗り込もうとしたのを、何とか食い止めました。先輩として淳子の無念を晴らしてやりたいな、と」

事実を知ったとき、波留自身もその不覚に、地団駄を踏んだはずだ。

官邸オフィスにいる小栗が、四条通付近の防犯カメラから松平浩平の乗った公用車を見つけ出した。

そこから順に防犯カメラをリレーして、足取りを追ったのだ。

結果、京都府警本部の駐車場に入ったものの、舞妓は府警に入ることなく、松平の自家用車に乗り換えさせられ、送られた先は北山の華岡寺であった。

またその日の祇園『岩野』の付近の防犯カメラからは、満永と加橋がそれぞれ車で出ていく様子が映っていた。

満永の車には、置屋『桃園』の女将、雪路も乗っていた。その車が寺に戻ったのは、松平の到着五分前であった。

全員が組んで舞妓夢吉を満永に差し出したというわけだ。

洋子自身もその映像を見て驚いた。

舞妓の夢吉とは、尼温院で洋子の世話をしてくれた萬壽だったのだ。満永に見染められ、むりやり入信させられ、完全にマインドコントロールされてしまっているというわけだ。

そのうえ、男性信者の淫相を見る女に仕立て上げられようとしている。

なんとしても救出せねばなるまい。

「朝野さ、気持ちはわかるけど、これは所轄の生安の捜査じゃない。完全な闇処理工作だ。逆に殺されるかも知れんのだぞ」

岡崎が波留を諭《さと》そうとしている。

「華岡寺にいる修行僧の一部はテロリストとして訓練された連中だ。華王拳をくらったら、確かに命はないと思う」

松重も岡崎と同じ意見のようだ。

「私も、かつては浪花八分署ではミニパトガールでした。でもあのとき、皆さんの捜査に参加して、結果政治家に一発やられる運命になりましたが、おかげで刑事としての肝が据わったように思います」

波留はなんとか淳子を参加させようと必死だ。

「いや、一発やられるのと、命失うのとは次元が違うでしょう」

相川が口を挟んだ。

「処女膜だって女の命です！　男の睾丸《こうがん》と一緒です！」

波留がむきになった。処女膜と睾丸は違うと思う。

「まぁいいわ。参加させましょう。けれど、一度でも私たちの工作に参加したら、真木機関の一員になるということだけど、その承諾はとって」

洋子は決断した。

「死して屍《しかばね》拾うものなし、だぞ」

松重が念を押す。早朝に放送されている時代劇ドラマに嵌《は》まっているのだ。

「きちんと説明します」

「それならいいだろう」

松重も納得した。

「では、工作の具体案に入ります。相川君、映画制作会社の買収工作は完了していますか」

洋子は、東京の北急エージェンシー本社に今回は現地入りさせていない新垣唯子と上原亜矢を潜り込ませ京都支社の動きを探らせた。

潜り込ませたというより北急エージェンシーの社員をナンパして聞き出させたのだ。

太秦《うずまさ》にある『花観《はなみ》プロ』が、北急エージェンシーから映画『華王拳』の制作を受けていた。

撮影道具と称して火薬を持ち込むことが出来る。

「完了してます。『華王拳』の制作主任が過去に多くのエキストラ女性にセクハラをしていたので、簡単に取り込めました。我々がスタッフとして入り込めます」

「花火シーンの撮影日は？」

「来週火曜日です」

「その日に決行ね。それでは岡崎君、『高句麗連邦』について判明したことをみんなにも伝えてください。中林総理が闇処理の許可をくれた理由はそこにあるので、全員で共有しましょう。国を護《まも》るためにはこれしかない、という認識がないと引金は引けないですからね」

闇処理とは事故死に見せかけて消してしまうことだ。それなりの覚悟がいる。

「説明します。いまタブレットに資料を一斉送信しましたので、それを見てください」

岡崎がタブレットをタップした。

洋子の手元にも着信マークがつく。開くと最初のページに朝鮮半島のマップが掲載されていた。

「話は千五百年ぐらい昔に遡ります。そのマップにあるように紀元六百年頃の朝鮮半島には高句麗と百済、新羅《しらぎ》の三国がありました。高句麗は高麗《こうらい》とも呼ばれています。紀元六六八年に当時の唐に滅ぼされるまで約千年あった国です」

「高麗人参《にんじん》の高麗だよな」

松重が聞く。

「そうです。それと現在の北朝鮮の国営航空会社は『高麗航空』です」

「北朝鮮なんだ。やっぱそこが出てきたか」

波留が頷《うなず》く。

「先走らないでくれよ。高句麗が存在していた地域というのは、現在の北朝鮮と韓国の両方に跨《またが》っている。それに中国東北部も含まれている。七十年ぐらい前から『高句麗連邦』と称する集団が現れ、この国を再興する運動を行っている」

岡崎は言葉を区切り、ペットボトルの水を飲んだ。

「中東のテロ集団『イスラム国』に近い概念ね」

洋子はいった。

「そういうことです。あるいは第二次世界大戦以前のイスラエルの民です」

「ということは、高句麗人というのがいるのかね」

松重は聞く。

「その解釈は微妙なんです。千五百年以上も前に存在していた国のことですからね。ただし高麗系ロシア人、高麗系ウクライナ人は存在しています。旧満州が崩壊したときにソ連に移住した人々です。高句麗にルーツを持つ人というのは、全世界にいるでしょうね。ゲルマン民族やラテン民族が全世界にいるのと同じです。ようはアイデンティティの打ち出し方の問題です」

岡崎はまた水を飲む。

「てっぺんを目指したい人が自分の独裁国を作りたいときに、誇り高き『〇〇民族』の再興を目指そうといえば大義名分が出来るでしょ」

洋子がまとめた。

「なるほど。プーチンのユーラシア共栄圏と同じだ」

相川がいいたとえをした。

ユーラシアとはヨーロッパとアジアをひと括《くく》りにした大陸名だが、その大部分はロシアである。覇権主義者のプーチンはユーラシアの統合を夢見ているのだろう。

「そう、高句麗を再建しようといえば、なんとなく民族意識が芽生え、ひとつの集合体が生まれるわけだ。世界中に高句麗にルーツを持つを人々はいるわけだから、その気持ちを鼓舞すれば、ネットワークもできる。独裁者は考えてるよね。花澤真宗は、韓国にある『高句麗連邦』という闇組織の日本支部です」

岡崎がきっぱりいった。

「日本における目的は？」

波留が尋ねた。

「『高句麗国』建国のための資金の調達。そして日本の政権に接近し内部崩壊を起こさせること。韓国側の資料にはそうあった。七十年前からその目的のためにコツコツと日本に根を下ろしていたんだよ．いつか高句麗を再興して日本も併合すると」

「気の長い話そうね」

「そして、突如急ぎだした。台湾《たいわん》有事がここへきて現実味を帯びてきたからだ。中国が台湾に侵攻したら、日本は確実に巻き込まれる。与那国島《よなぐに》から石垣島《いしがき》などの八重山《やえやま》諸島は戦火に見舞われるだろう。応戦しないわけにはいかない」

「米軍頼みも限度があり、日本は混乱に陥る」

松重がいいながら鴨川を眺めた。

川面《かわも》はキラキラと輝き、川縁《かわべり》にはのんびり歩く老夫婦や学生風のカップルの姿が見えた。

この平和が永遠に続くとは限らないのだ。

「警察庁公安局の分析では、そのときにロシアが北海道に一気に攻め込んでくるだろうという。一九四五年に日ソ中立条約を破ったときと同じ手だよ。勝てると思ったときに奴らは攻め込んでくる」

「北からロシア、南から中国ね」

波留がタブレットの日本地図を指差した。

「その混乱に乗じて、国内でテロを起こそうというのが高句麗連邦の手先である花澤真宗だ。奴らは京都に首都を建てようとしている」

岡崎が資料をタップしながらいった。

「百五十数年ぶりの遷都ね」

波留が首を竦《すく》めた。

「遷都ではない。『高句麗国』の仮政権をこの京都に置くつもりなんだ。高句麗王朝の再建にはこの京都が適していると」

岡崎の言《げん》に、一同は絶句した。

これで共通認識が出来た。

「ねっ、やっつけなきゃ」

洋子はお茶目な顔で宣言した。シリアスなことほどライトに伝えたい。

「……ですね」

松重が椅子にすわったまま腕を高く上げて伸びをした。さすがの松重も緊張を強いられたようだ。

「で相川君、狙う日の映画撮影スケジュールは？」

「はい。来週火曜の十九時。華岡寺の境内でのロケです。まず能舞台で祇園の芸妓が舞うシーンがあり、終わったところで、華王拳の使い手たちと半グレ集団との乱闘シーンになります。背景を効果的に見せるために花火を打ち上げると台本にありました。エグゼクティブプロデューサーとして満永は現場にいる予定です」

相川が告げた。

「その華王拳の使い手たちは映画では正義の味方だろうが、実際はテロリストだ。成敗しないとな」

松重がクールにいった。

「それでは……」

と洋子は、当日の仕込みとタイミングについての説明を開始した。

2

蒸し暑い夜だった。

井沢淳子は、就活中の女子大生が着るようなスカートスーツ姿で三条木屋町のボーズクラブ『煩悩寺』の前を見張っていた。ビジネス街でも歓楽街でも、町に溶け込む便利な服装がこれだ。

勤務明けの時間を利用をした、勝手な張り込みだ。

四条通りで出会ったあの舞妓《まいこ》が、実は本当に拉致されたと知って以来、自責の念に駆られている。

しかも自分が所属する京都府警の公安参事官が、拉致した寺の坊主と結託しているなどと思いも寄らなかった。

人身安全係刑事の自分が見逃すとは、何たる不覚。

先輩の波留から聞かされたときは眩暈《めまい》すら覚えたものだ。

そしてすぐさま北山の『華岡寺』に単独潜入して取り返そうとしたが、波留に止められた。

波留がより確実な救出方法があるといってくれたからだ。三日前のことだ。波留からとめられているので、華岡寺には近づかないが、通常任務としてこの煩悩寺を監視していた。

芸妓の梨絵に連れられて入店した舞妓が、時折やって来るのを見かけていたからだ。ときには、男衆の木藤佐助に連れられてくることもあった。

華岡寺と何らかの関係があると見るのが普通だ。

三日間、夜になるとここらを重点的に廻《まわ》り、煩悩寺へ出入りする客は殊更入念にチェックした。

有名人が結構入っていくのには驚いた。

有名な女性アイドルユニットのセンターを張っている子が、大きなサングラスにキャスケット帽を目深に被《かぶ》り、たったひとりですっと入っていく。

あるいは、国会中継で舌鋒《ぜっぽう》鋭く質問することで有名な野党の女性議員が、他の中年女性たちに囲まれ入る場面もあった。

クラブというより女性専門風俗《じょふう》ではないかと思う。

女が男を買う。

最近徐々に広まりつつある。

ホストクラブやボーイズクラブのように大金をはたいた末に、性行為に持ち込むことに面倒くささを感じる女性も増えた。疑似恋愛に嵌まるよりも、よりダイレクトに性欲を処理したいという女たちだ。

一見、男性化したように見えるが、元来、女も性欲は男並みにある。そうした風俗が存在しなかっただけだろう。

これからは増える。

そんなことを考えながら眺めていた。客を迎えたり、見送りに出てくる男たちはいずれも美坊主ばかりだ。

午後十一時を回ったところで、見覚えのある女が、ひとりでやってきた。舞妓の佳代だ。白のワイドパンツにライトブルーのニットセーターでバストと股間をさりげなく触りながらやってきた。

——そんなにやりたいのか。

と思いつつ、しかしあの男たちはどんなことをしてくれるのだろう、とあらぬ妄想を抱く。

と、左右から影が忍び寄り、いきなり両腕を摑《つか》まれた。

「えっ、なんですか……」

私、警官ですよ、と続けようとしたが、いまは非番なのでやめた。ふたりは、作務衣を着た美坊主だった。

「あんた、ちょっとうざいんだよ」

煩悩寺の入るビルの脇の路地に連れ込まれる。

「なんですか、ちょっと人を待っているだけですよ」

「なわけねぇだろう。二時間も待っているのかよ！」

いきなり頬を張られた。

平手打ちだが、顔がどこかに飛んでいくのではないかと思うほどの強さだった。

淳子はよろめいた。

警察官として武道の心得はあるが、いきなりの張り手に動揺した。

「えっ」

もうひとりの美坊主がいきなりスカートを捲り上げてくる。下半身があらわになった。非番時なのでパンストは付けていない。ノーマルサイズのベージュのパンティが丸見えになっているはずだった。

「堅信《けんしん》、俺が押さえつけているから、脱がしちゃえ」

「おう、天平《てんぺい》頼むぞ」

堅信と天平という名の美坊主たちだった。

堅信の両手が、腰骨のあたりに伸びパンティのストリングに指がかかった。

「いやぁあああああああ」

そう叫ぶ口に、天平の唇が重なってきて声を封印された。

「んんんんんっ」

頭がパニックを起こしている間に、舌まで差し込まれた。嚙《か》み切ってやろうと歯を降ろそうとしたが、次の瞬間、蕩《とろ》けるような甘味な快感につつまれる。

「あんっ」

天平は舌の絡ませ方が超絶うまいのだ。蛇《へび》のように絡みついたかと思うと、唇は吸盤のように強く吸いつけられた。

身体《からだ》の力がすっと抜けた瞬間、パンティも足首から抜けていく。

「毛が生えている。信じられへんわ」

腹部のあたりから、堅信の声がした。

普通は生えているものだと思う。坊主たちは自分が毛がないから、毛に嫌悪があるのだろうか。

「いいから、堅信、早くスカートもとっちまえ」

「おう」

ヒップのファスナーを外され、あっという間に、腰からスカートが抜けた。下半身を丸出しにされ、淳子は恥ずかしさに腰をくねらせた。じっとしていることに耐えられないからだ。

「いや、なんでこんなことするんですか？」

「お前、何者なんだ。うちのクラブの監視カメラにずっと映っていたんで、気になっていたんだが、さっき入ってきた女が、あんたに付けられたことがあるといっていた。何をさぐっているんだ。おいっ」

女の割れ目を親指で擦られた。クリトリスの周りをしつこく擦られる。肝心なポイントに触れるか触れないかの絶妙な指使いで、淳子は気が狂いそうになった。

「んはっ、くぅうう。なにもさぐっていませんっ。女の人を尾行した覚えもないですよ」

シラを切り続ける。

その間にスーツジャケットも脱がされて、すべてのポケットの中などを検《あらた》められる。逃げようにもノーパン、ノースカートでは、さすがに恥ずかしさのほうが勝って、飛び出せない。

「この女、おかしいぜ。財布はあるが、カードも含めて身分証明書類をまったくもっていない。スマホもまっさらだ。アドレス帳も通話履歴もないって、おかしすぎる」

それが刑事の持ち物というものだ。個人的な張り込みといえ、身分を明かす物はすべて署のロッカーに置いてきている。クリーンアップしたスマホを常に一台所持しておいたほうがいいとアドバイスしてくれたのは、波留だった。

「おまえ、イヌか？」

堅信が立ち上がり、ブラウスのボタンをひとつずつ外してきた。すぐにブラジャーが現れた。

天平がジャックナイフを取り出し、肩紐を切った。乳房も乳首も丸出しになった。欲望ではなく恐怖で乳首が硬直していた。

「私、教師です」

出鱈目《でたらめ》をいった。一秒でも長く時間を稼ぎたい。どこかに逃げるチャンスがあるはずだ。

「教師のスマホにアドレスがないわけないだろっ」

天平が乳首をぎゅっと捻《ひね》った。

「痛たっ、あぁああああ」

顔が歪《ゆが》むのが自分でもわかった。けれども不思議な快感も同時に押し寄せてくる。

「堅信、もう身体に聞くしかないやろ。やってまえよ」

天平がそういうと、堅信は頷き黒い作務衣の下をずり下げた。反り返ったバナナのような男根が現れた。

「いやっ、いやよっ、セックスなんてしないから」

淳子はコンクリートの壁に背中を押し付けて、泣き叫んだ。

「決めるのは、こっちだから」

と、ゴリゴリに硬直した亀頭を亀裂の間に擦り付けてきた。濡れた粘膜に摩擦して、滑りをよくしているようだった。

「やめて、やめて、やめてっ、私、警察です……」

涙が出てきた。鼻水も垂れてきて顔がぐしゃぐしゃになった。

「警察は、そう簡単に正体を明かさないよ。バーカ」

堅信の亀頭が、ずるりと秘孔に潜り込んできた。

「いやぁああああああああ。ほんとに私は警察だから！」

「はいはい」

せせら笑いながら、堅信が腰を振った。ずるずるっと狭い肉路を分けて、肉茎が入ってきた。太い、長い、硬い。

「あぁあああああああ。嘘《うそ》でしょう、こんなの嘘よ」

一気に貫通され、淳子は堅信の背中に両手を巻き付けた。気持ちよくてどうしようもない。

「おまえ、締まるなぁ」

堅信がちょっと苦しそうな顔をして、ピストンを開始した。

「たっぷり蟻《あり》地獄を見せてやるよ」

今度は天平が、乳首に吸いつきベロ舐めを始めた。腫れあがり、なおかつ硬直した淫らすぎる乳首から、極上の快感が脳を突き抜けてくる。

「あぁああ、いいっ」

身体を揺さぶって答えた。

実はドM体質なのだ。

だから、男を避けていた。一発食らうと、もうだめで、いたぶって欲しくてどうしようもなくなる。

「凄《すご》く気持ちいいです。もっと擦って」

乞うように、腰を打ち返す。

「だから、決めるのはお前じゃなくて、俺たちだから」

いきなり堅信が紅《あか》いバナナを引き抜いた。尖端《せんたん》から根元まで、どろどろに濡れている。

「いやっ」

淳子は自分から半裸の体を押し付けた。火照った肌に堅信の作務衣がざらざらして気持ちいい。

「入れて欲しけりゃ、本当のことをいえよ」

天平が乳首を捻り上げてきた。気持ちよすぎる。もう片方も虐《いじ》めて欲しい。

「本当に警察です。人身安全担当。ＤＶやストーカー捜査です」

「面白いことというな。おまえがストーカーだろうよ」

堅信が焦《じ》らすように、亀頭を恥穴の周りで擦った。これはおかしくなってしまいそうだ。

「淳子！」

叫び声がして誰かが駆け寄ってきた。見やると波留だった。

「おまえ、誰やねん？」

堅信が握った棹を波留に向ける。

「上沼恵×子や！」

こんなときでも大阪の女はギャグを飛ばす。

「萎《な》える」

堅信がぼそっといった。

「そりゃ、上沼さんに失礼や」

「うるせっ」

堅信が拳を作った。今度は平手ではない。本気印の拳だ。

「なによ、短小！」

いうなり波留は爪先を上げた。堅信の股間にヒットする。

「うわぁああ！」

堅信が吐きそうな顔をして、その場にしゃがむ。下半身を出したままだ。

「おまえら、ただじゃすまねぇぞ」

狭い路地のため、前に出られずにいた天平が、波留に拳を放った。

「うっ」

肩にくらったようで波留は悲痛な顔になった。

淳子は、天平の股間を握った。ゆで卵の感触。そのまま握りつぶす。

「ぐはっ」

天平が白目を剝いた。

スカートをすぐに穿《は》きなおし、パンティとブラは諦めた。

「行くわよ」

波留に手を引かれ、木屋町通へ飛び出した。

人ごみに紛れた。

「ありがとうございます。助かりました」

「ほんと無茶するなぁ。淳ちゃんに相談したくて署に連絡したら、上がりやいわれるし、電話しても出えへんし。もしやと思ってここらを歩き回っていたら、案の定やった」

「すみません。勝手に張り込みやって捕まりました」

「まったくなぁ。可哀《かわい》そうやな。処女、こんなところで失ってしもたな」

　波留が歩きながら、肩を抱いてくれた。

「先輩すみません。私、十八のときに後藤《ごとう》先生とやっていました。合意なんですが、先生の立場もあるので黙っていました。本当に処女じゃないです。それと、私、案外スケベです」

　正直に告白した。

「最低やなぁ。けど、そんな気もしてたんや」

　と波留は笑い飛ばしてくれた。

「すっきりしました」

「なら、相談や。淳ちゃん、うちらの仲間になれへんか」

　と切り出された。

「喜んで」

　いったいどんな任務かも聞かずに、淳子は即答した。

3

沢尻《さわじり》梨絵は、華岡寺の控室にいた。

いよいよかと思う。

十五歳で舞妓に出されたときに父親に諭された。

『お前はこれから、潜入捜査員として祇園で生きるんだよ。あの中で起こっていることを、つぶさに調べながら、二十四歳になるのを待ちなさい。それで上がりになる』

沢尻家は戦後間もなくから公安の非公然捜査員として生活をしてきている。父の表向きの職業は日本料理店のオーナーで料理人だ。祖父も同じ役目だったという。

母も同じく公安の非公然捜査員だった。

一流料亭で仲居として働いたという。関西の大物たちの人間関係を常に監視していたが、二十八歳のとき、父と結婚した。

当然母の実家も同じように、一家全員が非公然捜査員だ。

沢尻家は公安捜査員同士だけで家庭を作っていたわけだ。

唯一非公然捜査員が安心して暮らせる場所は、そういう組み合わせで出来た家庭でしかないわけだ。

梨絵は物心ついたときから潜入捜査員の訓練を受け、十五で祇園という任地に送り出されたのだ。

そして五年前。十九歳の春に、母が南座に芝居を見物にやってきた。久しぶりに一緒に鰻《うなぎ》を食べに行くと『おめでとう、正式に巡査に任命されたわよ。任務は潜入刑事よ』と伝えられた。

時期が来たら後付けで警察学校、それも公安非公然捜査員専門の警察学校に入ることになるのだそうだ。

芸妓ではなく梨絵は公安刑事なのだ。

それからというもの母と父が交互に、三か月に一度ぐらいの頻度でお茶しにくるようになった。

祇園の内側の様子の報告だ。

親子が逢《あ》っているのだから、桃園の女将《おかみ》もまったく気づかなかった。

京都府警の公安部や捜査四課《マルボウ》の祇園での癒着ぶりを主に報告していた。またよくやって来る花澤満永とは置屋ごと出来ていることを父に伝えた。

器量のいい舞妓が、芸妓にならずに満永の寺の尼僧として引き抜かれていく事例が急に増えだしたのだ。

手口は木屋町のボーズクラブ『煩悩寺』で、性の虜《とりこ》にしてしまうことだ。あの店は女性専用風俗店である。

舞妓には本番なしの性感マッサージで絶頂を覚え込ませる。

恋愛を固く禁じられている舞妓が、煩悩寺へ行ったときだけ、性的に解放される。あれだけの美坊主に接待を受けたら恋に落ちないわけがない。

先日、女将に頼まれて七海と佳代を連れ込んだが、案の定、ふたりは美坊主たちに溶かされてしまった。

煩悩寺の料金は二時間で十五万円が相場だが、すべて店持ちになっている。だから舞妓はクリトリスが疼《うず》いてくるとすぐに行きたくなる。

七海と佳代が尼温院に入山し、政財界や外国の貴賓への性接待の要員にされることは時間の問題だろう。

心が痛い。

梨絵自身は、煩悩寺の餌食にはなっていない。実家が京都の一流料亭で、襟替えの費用はすべて実家が持つという梨絵に女将は何も口出ししなかった。旦那も借金もない芸妓で、いつでも引退できる立場の梨絵が、桃園に籍を置いてくれていることをむしろありがたく思っていたはずだ。

梨絵も、訳知り顔で女将や男衆の求めに協力してやった。

心が痛いと言えば夢吉のことだ。

夢吉には満永以外にも旦那のなり手が多くいた。地方としての力量も相当なものである。

無理やりの『お風呂入り』への協力はしたくなかった。

だが、ちょうどその頃、父から花澤真宗の動きを集中的に探るようにとの、命が降りてきたのだ。

あえて何が起こるか、探りたかった。

事態は最悪な流れとなった。まさか京都府警の公安参事官があそこまで、満永に深入りしているとは思わなかった。

ちょうど自分も二十四歳になり、任務替えの時期が来たので始末をつける意味で、ここへやってきた。

最後の舞いをするまえに、夢吉を助け出さなくてはなるまい。

「相川はん、撮影までまだ時間ありますか？　そこらへんぶらぶらしてきたいよって」

映画会社の制作進行係の相川という、筋肉質の男に聞いた。

「はい、まだ二時間もあります。着替えに必要な時間はどのぐらいでしょう？」

隣の部屋から地方の奏でる三味や琴の音が聞こえてきた。

演目『四条大橋』を練習してくれているようだ。

「うちんところの男衆が来ましたら、三十分で出来上がります」

「そしたら、一時間ぐらいは、よいと思います。ただし境内のなかということで」

「わかりました」

梨絵は立ちあがった。

「あっ、梨絵さん、背中に糸屑がついています」

と相川が寄ってきて、江戸小紋の背中をポンポンと払ってくれた。

「ありがとさんどす」

4

梨絵は華岡寺の境内をぶらぶら歩き、本堂の奥へと進んだ。

能舞台は山門の脇にあり、それはそれは立派な造りで、自分の舞いでは貫禄《かんろく》負けするのではないかと思った。舞台の真正面には朱塗りの五重塔だ。

境内を歩くと、あちこちに大きな筒が設置されてあった。

今夜の舞いの背後では花火があがるということだから、きっとその仕掛けなのだと思った。

座敷での満永たちの話では、今夜は萬壽と名を変えた夢吉も満永の娘役で映画に出ると聞いた。つまりこっちの寺にやってきているということだ。

梨絵は匂いを嗅いだ。

男ばかりの禅寺に女が入ると匂うはずだ。出演する芸妓やキャストたちは客殿にそれぞれ部屋をあてがわれている。

スタッフにも女性がいるが、その人たちは何台もやってきているロケバスを控室にしていた。

境内の奥へ進む。

歩くほどに、ここはひとつの町で、世間から切り離されたエリアだということがよくわかる。見ようによっては要塞でもあった。

宝物殿の奥へさらに進むと、人の気配がなくなってきた。頭に叩《たた》き込んだ境内マップを頼りに、さらに奥へと進む。

奥の院と文庫堂が並んでいた。尼温院との境の塀のすぐそばだ。この塀についた戸口から、満永や幹部は出入りをしているのだろう。

文庫堂から女の匂いがした。白粉《おしろい》くさい。

おそらく夢吉だ。梨絵はそっと近づいた。逢ったら逃げる段取りをつけるつもりでいた。

舞いが終わったら、夢吉の手を引いて一気に駐車場に待たせてあるハイヤーに走る。そのまま名神高速にあがって、東京へとひた走るのだ。東京には父にセイフハウスを用意してもらっている。

その間に、京都府警の不始末や華岡寺の乱脈経理を告発し、混乱させる手はずだ。

文庫堂の格子窓に接近した。

「萬壽、ええか。今宵は大事な日や。尼僧女優として俳優の北村拓馬《きたむらたくま》をたぶらかせ。能舞台の前にある五重塔でやれ。最低でもしゃぶるところまで持っていけ、ええな。隠し撮りのカメラが仕掛けてある」

満永の声である。

いかにも、あのくそ坊主の考えそうなことであった。

男を取り込むのに女を使う。

女を取り込むのに男を使う。

「はい。最初のきっかけはどのように?」

夢吉の声であった。

「加橋と永徳がうまく誘導する。萬壽はエロい顔をするだけでいい」

「満永さまが映像を見ると思うと照れくさいです」

びしっ。頬を打つ音だ。

「わしの命にそむくんかっ」

「堪忍どす」

「いますぐ裾を捲って、まんちょを出せ。わしの目の前で自慰《てまん》しろ。色気を出すにはまんちょを弄ることや」

満永の激情に駆られた声が飛ぶ。

「はい、ただいま」

着物を捲る音が聴こえてくる。梨絵はいまにも飛び込もうとする気持ちを懸命に押さえた。

「そこで何をしとる」

いきなり強い力で背中から抱きすくめられた。

「あっ、永徳さま」

満永と共に、祇園によく出入りしている僧だ。

「梨絵、なんでここにおる」

抱きついたまま、奥の院の方へと引きずられた。草履の踵《かかと》が砂利に擦れて、じゃりじゃりと音を立てた。

永徳は中年だが、拳法の達人だと聞いている。確かに腕は太く凄い力だった。

あっというまに奥の院へ放り込まれた。

「おまえ、何を聞いたんや」

「何にも聞いておまへん」

「嘘をつけ」

帯の正面を拳で突かれた。

「わっ」

軽く突いたように見えたが、とんでもない衝撃だった。帯をつけていなければ、内臓が破裂したのではないだろうか。

梨絵はそのまま、尻から畳の上に落ちた。着物の裾が乱れ、太腿《ふともも》や股が晒《さら》される。

「言わんでもいい。けれども外では言えんようにしてやる」

永徳が僧衣を捲り上げ、いきり勃《た》った男根を向けてきた。禍々《まがまが》しいほどの巨根だ。

「いやっ、そんな安い女やあらへん」

梨絵は腰を引いて後退した。

「おまえのな、そのツンとした態度がかねがね気に入らんかったのや。旦那のいない芸妓など可愛《かわい》くないわぁ。わしに貫かれているところをたっぷり収録してやる」

永徳が懐からスマホを取り出しタップすると、天井から灯《あか》りが燦々《さんさん》と降ってきた。

天井、四方の壁からぬっとカメラのレンズが出てくる。

ここはハメ撮り部屋だ。

「いやぁああああああああああ」

泣き叫んでもどうなるものでもないのはわかっていた。けれどもこれが初体験になるとは、哀《かな》しいよりも腹立たしかった。

永徳の黒ずんだ亀頭が肉口にあてられ、ぐっと押し込まれてきた。

「あぁあああ」

入り口にずっぽり嵌まり込んだ。

梨絵は大きく口を開けた。そうすることで少しは楽になるような気がしたのだ。

「きついな。おまえ、性格もきついよってここもそうなんじゃろ。入らんぞ」

永徳も歯を食いしばっていた。

処女なのだ。当然である。

十五で舞妓に出て、虫の付かない置屋で育てられ、水揚げされることなく芸妓になったのだ。好きな男でも出来ない限り、セックスはない。

これから芸妓ではない人生に進み、普通に恋愛をしてみたいと思っていた矢先のことである。

「よっこらしょ」

永徳が開かない瓶を何とかひねろうというときのような表情で、踏ん張ってきた。むりむりと亀頭が入ってくる。

「あっ、はうっ、むりどす、むりどす、あぁあ入ってもうた」

とうとう貫通してしまった。

処女膜はパツンと破れなかった。ぬるっとなにかが突破する感じだけだった。案外激痛もなかった。

「はううう」

喘《あえ》ぎとは違うため息がでた。

「ぎゃふんと言わしてやった気分や」

梨絵の顔を睥睨《へいげい》したまま永徳は、膣《ちつ》の奥底まで突き進んでいた亀頭を今度はずり上げていく。

「あぁあああああああっ」

膣の壁が逆撫でされ、気が遠くなりそうになった。

ずんっ、ずんっ。これが抽送というものか。肉と肉を擦り立てられた。

「ふんっ、なんだかんだいっても濡れているやないか」

永徳が征服者のように顎を突き上げ、腰を振ってきた。

いやだ。この記憶を永遠に消し去りたい。

梨絵は永徳の背中を拳で叩き続けた。

と、奥の院の扉が開いた。

しゅっとした男が飛び込んでくる。

先日、座敷で会った岡崎雄三だった。敵なのか味方なのかはっきりしない男だ。

「見ないでください！」

いずれにしても、そう思う。

「なんやあんたは！」

挿入したままの永徳が振り返って目を剝いている。

「俺の憧れの芸妓さんに、なんてことしやがる。許さねぇ」

粋な江戸弁だ。どうやら味方のようだ。そのとたんに失いかけていた平静を取り戻した。現実を直視すると気が狂いそうになった。

「このくそ坊主の頭を叩き割って！」

梨絵は絶叫した。

「あたりまえだ、生かしちゃおけねえ」

岡崎は、やにわに永徳の口に粉火薬を突っ込んだ。

「なんや、これは……」

ふがふが言っている。

梨絵は、股を引き、男根との繋がりを解いた。頭に来ていたので、踵で思い切り永徳の棹を蹴った。ぬるっとした。

「ふがっ」

もんどりうった永徳の口に、岡崎は点火棒を差し込んだ。

「梨絵さん離れて！」

「はい、はい、待って」

岡崎がやろうとしていることが、現実離れしすぎていて空恐ろしくもある。

「姐さん、こいつの記憶を飛ばしたいよね」

「はいっ」

岡崎は点火棒のトリガーを引いた。

ドッカン。

永徳は声を上げることもなく顔を失《な》くしていた。

「事故死です。記憶はないと思います」

「はい。岡崎さん、原籍は公安ですよね」

梨絵は確認した。

「あなたと同じ潜入捜査員です。お座敷での京舞のときの扇子の動きで、伝言をしっかり受けました」

もしやと思い、扇子の動きで現場の潜入員にしか通じない暗号手話を試みたのである。

現場の訓練を受けることのない、キャリアにはわからないサインだ。

もしやとは、父親に二十四歳を過ぎたら、同業の結婚相手を探せとあったからだ。

サインは『付き合いませんか』だった。

「それで、あなたのことをこちらでも調べました。十五から草《スリーパー》になるって超エリートですね。でもうちのボスは、あなたのしようとしている告発型の仕置きでは解決しないと」

「どないするんどすか？」

「ここ、破壊しちゃいます」

「はぁ」

「はい、全滅させます。火薬の量を間違えた爆破事故を偽装します」

「あの、岡崎さん、本当の原籍は？」

「『真木機関』です」

「うわっ、御庭番！」

梨絵はのけ反った。

それは裏の工作員の間では、スーパーエリート集団と呼ばれている官邸スパイ機関だ。

「ということで、出ましょう。夢吉さんは、こっそりうちの相川が手引きしています」

そこまでいうと、岡崎は腕を口元に当てた。

「真木首席、新人一人、確保しました。予定を早めて爆破願います」

岡崎の耳もとで微《かす》かに音がした。

「へっ、うち真木機関入りでっか？」

「当然です。さぁ走りましょう、満永たちが本堂にいる間に、ドカンドカン、やっちゃいます」

と岡崎に手を握られた。

梨絵はこの人に一生ついていきたくなった。

「あの、サインの返事はないんどすか」

「はい。凄く残念なんですが、真木機関は部内恋愛禁止なんですよ。色恋が入ると、工作が感情的になるって」

岡崎が小走りになりながら、そういった。

「わかりました。とっとこの寺、爆破してしまってください」

感情的になってそう答えた。

処女は失うわ、淡い恋は消えるわ、最悪の門出になった。

派手にぶっこわしてもらうしかない。

手をつなぎ玉砂利を蹴って走り、本堂を横切り、山門を潜《くぐ》ったところでドカンとどでかい音がした。

振り返ると、本堂の屋根が、バケツの蓋のように高く舞い上がり、その下からオレンジ色の炎が龍《りゅう》のように駆け上っていった。

続いて五重塔、客殿とドカンドカンと爆発していく。

駐車場に入ると、夢吉がふたりの女捜査官に抱きしめられていた。

その後ろで親指を立てて、微笑《ほほえ》んでいる女性がいた。

あれが伝説の真木洋子か。

あとがき

一年ぶりの『処女刑事』になります。早いもので本作も九巻目を迎えました。まさかの長寿シリーズになったのも支えてくれる読者の皆様のおかげです。

本当にありがとうございます。

東京の他に、大阪、札幌、横浜、沖縄などを転々としながら捜査を続けてきた『処女刑事』ですが、今作の舞台は京都です。

それも祇園。

舞妓《まいこ》と坊主というエロさに満ち溢《あふ》れた背景にいたしました。執筆のきっかけは、京都の舞妓さんが、お座敷でのセクハラの数々をネットで暴露したとの記事に触れたことからです。

花街の闇の深さを感じさせる記事でしたが、その真偽はいまだに判然としていません。

さてここでお断りです。

本作は娯楽小説として書き上げたもので、実際の取材はいっさいなされておりません。すべてが架空の置屋、茶屋、寺であり、登場人物にもモデルはおりません。

虚構の小説です。

特にお断りしておきたいのは、ここに登場する『祇園』は、架空の花街『祇園』なのです。

実在する『祇園甲部』『祇園東』を指すものではありません。

したがって、登場する舞妓が通うとされる『技芸学校』も物語をもっともらしくするための架空のものです。

どうかその辺をご理解の上、荒唐無稽な官能小説としてお読みください。

久しぶりに官能の濃度を上げたものになりました。

第二回団鬼六賞優秀作を受賞して以来、嬉《うれ》しいことに執筆依頼がどっと増え、この『処女刑事』シリーズは僕の看板作品となりましたが、徐々にアクションバイオレンスへの傾斜が強まり、この数年は官能小説からやや離れた作品も多くなってしまったことを、少し反省しております。

僕の作品は、いわゆる性欲を煽《あお》り立てるためだけに書かれたポルノ小説とは、異なりますが、官能小説であることは間違いありません。

付け加えるならば沢里裕二は紛《まご》うことなき官能小説家であって、警察小説家ではありません。

そんな反省から、今作は初心に戻って、官能シーンに重きを置いて書きました。

これまでの作品以上にシリアスな濡《ぬ》れ場を狙ったつもりですが、そこはそれ、沢里裕二ですから、ついつい無意識に笑いを取りにいってしまっている部分もございます。どうかご愛嬌《あいきょう》ということでお許しください。それなりに凌辱《りょうじょく》シーンも入っております。

それにしても、

『やい沢里、最終章はいきなり飛びすぎじゃねえか』

という声が聞こえてきそうです。

いやいや、申し訳ありません。実は一気に端折《はしょ》りました。

水戸黄門ではないですが、そろそろ決まりごとの『処女膜殉職』シーンを出さねばならない頁《ページ》が迫ってきたのと、本作はいつもよりあえて、二十頁ぐらい少なく書くことを念頭に入れていたからでございます。

常日頃より、僕は物語のサイズとして新幹線で東京─新大阪間で読めるお話というのを念頭に書いております。

ですが今作は、読んでいるうちに『京都で降りたくなる』というのを目指してみたわけです。

そのためには、十五分早く読み終えねばならない。

って、だめですかね？

マジ、計算したんですよ。ほんとですよ。書き切れなかったんじゃないですよ。

それと、本作のゲスト処女刑事。騙《だま》されてくれました？

最初からあの子だってわかりました？

伏線もヒントもないんだから、当てようもないというあなた。これは官能小説ですから、ミステリみたいな伏線はございません。

頭脳ではなく下半身で探し当てるのが、官能小説というものです。

さて次作はどこに舞台を設定しましょうか。
①東北　②九州
この二択で考えていますが、東北弁の処女刑事、九州弁の処女刑事、ちょっとわくわくしませんか。

二〇二三年二月　京都河原町の隠れオフィスにて　沢里裕二

本書は書き下ろしです。

本作はフィクションであり、実在の個人・団体とは一切関係ありません。（編集部）

実業之日本社文庫　最新刊

蒼山 螢
後宮の炎王　弐

一族が統治する流彩谷に戻った翔啓は、記憶から失われた過去を探り始める。一方、嵐静には皇帝暗殺の嫌疑が⁉　波瀾の中華後宮ファンタジー続編、佳境へ！

あ26 3

いぬじゅん
無人駅で君を待っている

二度と会えないあの人に、もう一度だけ会えるとしたら…。あなたは「夕焼け列車」の奇跡を信じますか？号泣の名作、書き下ろし一篇を加え、待望の文庫化！

い18 3

沖田 円
怪異相談処　がらくた堂奇譚

がらくた堂と呼ばれる古民家で、杠葉は怪異の相談を受け、助手の遊馬とともに調査に乗り出すが…⁉　沖田円が紡ぐ、切なくも温かい不思議世界の連作短編！

お11 2

風野真知雄
消えた将軍　大奥同心・村雨広の純心　新装版

紀州藩主・徳川吉宗の策謀により同じ御三家尾張藩の異形の忍者たちが大奥に忍び込む。命を狙われた将軍・徳川家継を大奥同心は守れるのか…シリーズ第2弾。

か1 11

風野真知雄
江戸城仰天　大奥同心・村雨広の純心　新装版

御三家の野望に必殺の一撃——尾張藩に続き水戸藩も忍びを江戸城に潜入させ、城内を大混乱に陥れる。同心と謎の能面忍者の対決の行方は？　シリーズ第3弾。

か1 12

実業之日本社文庫　好評既刊

沢里裕二
桃色選挙
野球場でウグイス嬢をしていた春奈は、突然の依頼で市議会議員に立候補。セクシーさでは自信のある彼女はノーパンで選挙運動へ。果たして当選できるのか!?
さ3 14

沢里裕二
処女総理
中林美香、37歳。記者から転身した1回生議員。彼女のもとにトラブルが押し寄せる。警護するのはSP真木洋子。前代未聞のポリティカル・セクシー小説!
さ3 15

草凪 優
黒闇
最底辺でもがき、苦しみ、前へ進み、堕ちていく不器用な男と女。官能小説界のトップランナーが、人間の性と生を描く、暗黒の恋愛小説。草凪優の最高傑作!
く6 6

草凪 優
知らない女が僕の部屋で死んでいた
眼が覚めると、知らない女が自宅のベッドで、死んでいた。女は誰なのか? 記憶を失った男は、女の正体を探る。怒濤の恋愛サスペンス!(解説・東えりか)
く6 7

草凪 優
アンダーグラウンド・ガールズ
東京・吉原の高級ソープランドが廃業した。人気の嬢たちはデリヘルを始め、軌道に乗るも、悪党共の手により…。女たちは復讐を誓う。超官能サスペンス!
く6 8

実業之日本社文庫　好評既刊

実業之日本社文庫　好評既刊

葉月奏太
癒しの湯　若女将のおもてなし
雪深い山中で車が動かなくなったとき、助けてくれたのは美しい若女将。男湯に彼女が現れ……。心と身体が蕩ける極上の宿へようこそ。ほっこり官能の傑作！
は6 10

葉月奏太
寝取られた婚約者　復讐代行屋・矢島香澄
IT企業社長・羽田は罠にはめられ、彼女と会社を奪われる。香澄に依頼するも、暴力団組長ともうひとりの復讐代行屋が立ちはだかる。超官能サスペンス！
は6 11

葉月奏太
癒しの湯　仲居さんのおもいやり
人生のどん底にいた秀雄は、山奥へ逃げた。自殺を覚悟した時、声をかけられる。彼女は、若くて美しい旅館の仲居さん。心が癒される、温泉官能の決定版！
は6 12

葉月奏太
酒とバイクと愛しき女
友人の墓参りをかねて、20年ぶりにツーリングへ出かける。爽やかな北海道で亡き友の恋人や、素敵な女性たちに出会い……。ロードトリップ官能の傑作！
は6 13

葉月奏太
癒しの湯　未亡人女将のおきづかい
社長の三男・月島三郎は、温泉旅館に修業へ。旅館の女将は気品に溢れ、仲居は天真爛漫。ある日、悪徳不動産屋の男がやってきて……。温泉官能の新傑作！
は6 14

実業之日本社文庫 さ 3 18

処女刑事《しょじょでか》　京都《きょうと》クライマックス

2023年4月15日　初版第1刷発行

著　者　沢里裕二《さわさとゆうじ》

発行者　岩野裕一
発行所　株式会社実業之日本社
〒107-0062　東京都港区南青山 5-4-30
emergence aoyama complex 3F
電話 [編集]03(6809)0473 [販売]03(6809)0495
ホームページ https://www.j-n.co.jp/
DTP　ラッシュ
印刷所　大日本印刷株式会社
製本所　大日本印刷株式会社

フォーマットデザイン　鈴木正道(Suzuki Design)

ISBN978-4-408-55801-1（第二文芸）